GENTOSHA OUTLAW BUNKO

となりの果実

黒沢美貴

幻冬舎アウトロー文庫

JN282007

となりの果実

目次

第一章

世良友美の部屋

七月十四日　夜の玩具

部屋の中に、蘭が香り立っている。

友美はダブルの水割りを作り、伊佐夫に渡した。彼はソファに深々と腰掛け、リシャール・ヘネシーを味わう。葉巻には高級スコッチがよく合う。伊佐夫は満足の笑みを浮かべながら、友美の手を握り締めた。

「ああ……ホッとする。君といる時間が、一番癒《いや》されるよ。この歳《とし》になっても仕事に追われ続けているからな。君のこの部屋は、私のオアシスだ」

伊佐夫はそう言って、友美を抱き寄せ、口づけをした。葉巻とスコッチが混ざり合った吐息が、友美を酔わす。彼女は、伊佐夫の首に腕を回し、唇を押しつけた。息もつけぬような熱烈なキスの後、唇をそっと舐《な》め、友美は言った。

「ねえ……飲ませてよ、私にも。……水割り」

友美は上目遣いで妖《あや》しく微笑《ほほえ》み、パトロンである伊佐夫にねだる。シルクのガウンを羽織った彼女の豊かな体を撫《な》で回しながら、伊佐夫はにやけた。

「ふふ、まったく可愛い女だ。熟れきった果実のように、たわわで、みずみずしくて、甘く美味《おい》しい香りがする……」

伊佐夫はそう囁《ささや》き、友美の顔に触れた。

「お前の頬《ほお》はスベスベで、まるで赤んぼうのようだな。透き通るほどに白くて、きめ細かくて、皺《しわ》ひとつない。友美、お前は本当に四十過ぎてるのか？　なんでお前は、いつもこんなに艶《あで》やかなんだ？　さすが男を肥やしにしているチーママだけあるな。ふふふ……いやらしい女だ」

伊佐夫は友美に頬ずりし、耳に息を吹き掛ける。友美は艶《なま》めかしく身をくねらせ、吐息まじりに言った。

「もう……歳のことは言わないでよ。そうよ、四十一歳。冬に四十二になるわ。艶やかなのは……そうね、あなたのおかげよ。週に一度のあなたの熱い愛撫《あいぶ》で、私はいつまでも女でいられるのよ。……ああん、伊佐夫、もっと強く抱いて……」

友美の切れ長の大きな瞳が、欲望で光る。伊佐夫は微笑みながら、彼女の望みどおりに抱き締める。友美の熟れた女体は、ガウンの中ですでに火照《ほて》っていた。

伊佐夫は水割りを口に含むと、友美に唇を重ね合わせ、ゆっくりと口移しで飲ませた。

友美の口の中に、ひんやりとしたヘネシーが注がれ、それは甘く気だるく舌を刺激する。

口移しの水割りをコクリと飲み込むと、ガウンの下で彼女の乳首が突起した。

伊佐夫は友美の華奢《きゃしゃ》な肩に触れながら、ヘネシーを何度も口移しで飲ませた。友美の柔らかで肉厚の唇を吸い、七十歳を過ぎた伊佐夫もエロスの炎を燃やしていた。

「ああん……伊佐夫……美味しい……」

水割りの次は、彼はマスカットを口移しにした。マスカットの実を唇で挟んで、二人で貪り合う。マスカットを舐め合い、潰《つぶ》し合い、潰れた実を互いの口の中で転がし合う。潰れた実の感触はねっとりといやらしく、二人の官能はさらに高ぶる。

彼の唾液が混ざったマスカットを嚙《か》み締め、友美はコクリと飲み込んだ。果汁の甘い味と匂いが、官能をさらに煽《あお》る。

友美の花びらに蜜《みつ》が滴《したた》ってゆく。

「友美……ああ、お前を食べてしまいたい。この果実のような膨らみを……」

伊佐夫の手が、彼女のガウンの胸元に滑り込む。乳房を摑《つか》まれ、友美は身を捩《よじ》らせた。彼の手はブラジャーの中にまで入ってくる。

「ああん……ダメ……感じちゃう……ああっ」

友美は特に乳房が感じるので、少しの愛撫でも喘《あえ》ぎ声が出てしまう。豊満な乳房を鷲摑《わしづか》みにされ、ゆっくりと揉《も》まれると、堪らないのだ。

「お前の乳房は、いつ触っても気持ちいいな……ああ……大きくて、柔らかくて、モチモチしてて……手に吸いつくようだ……気持ちいい……お前のこの胸を揉んでいるのが、俺の至福なんだ……」

乳房の感触を嚙み締めながら、伊佐夫が言う。友美はうっとりと目を閉じ、パトロンの愛撫を堪能した。大きな手で乳房を揉まれると、それだけで女性ホルモンが活発になって、全身が潤うようだ。

「ああん、あなた、ステキ……。ねえ、乳首、摘《つま》んで……優しく引っ張って……。そう、そうよ……あああっ」

節くれ立った指で乳首を愛撫され、友美が身をくねらせて喘ぐ。彼女の乳首は悩ましく突起して劣情を誘い、伊佐夫は思うぞんぶん弄《もてあそ》んだ。摘んで引っ張り、こねくり回す。伊佐夫の指に挟まれ、友美の乳首はさらに突起した。

「ああっ……ちょっと痛……い……ああっ、でも気持ち……いい……あああん」

友美の陶器のように白く滑らかな肌が、官能で火照る。汗ばんだ柔肌は、伊佐夫の手をさらに吸いつけた。

冷房が掛かっている部屋でも、愛欲に煽られ、友美の体は熱い。乳房だけでなく、熟れた太腿《ふともも》の間にも汗が滲《にじ》んでいた。

「ふふ……濡《ぬ》れてきたか。お前は濡れやすいからな」

伊佐夫は友美のガウンをまくり、彼女の下半身へと手を伸ばす。友美の足は肉づきよく滑らかで、そのスベスベとした手触りが堪らなく心地良い。雌鶏《めんどり》の肉のような柔らかな太腿を撫でながら、伊佐夫は鼻息を荒げた。

「いや……ダメ……ああっ……そこは……まだダメ……」

薄紫色のシルクのガウンを乱し、友美が太腿も露《あら》わに悶《もだ》える。伊佐夫の手が、汗ばんだ太腿の間に滑り込んでくる。二人はソファの上で戯れる。伊佐夫のねっとりとした愛撫で、友美の花びらはさらに蜜を滴らせた。

「ああ……濡れている……もう、こんなに濡れているじゃないか。友美、お前は本当に淫靡《いんび》な女だな。俺に体を撫でられるだけで、花びらをこんなに開き、愛液を溢《あふ》れさせるのだから……。うん？　やっぱり俺がいなければ、お前はダメだろう？　正直に言ってみろ。ん？」

伊佐夫の節くれた指がパンティに滑り込み、友美の女陰に触れる。長い指の感触に身を震わせ、友美は熱い吐息を漏らした。

「そうよ……あなたがいなくては、私は生きてはいけないわ……だって、あなたが、私の体をこんなにしてしまったのですもの……あなたの愛撫じゃなくちゃ……もう、感じない体に……ああああっ……」

伊佐夫の指が、花びらに入り込んでくる。友美の花びらは蜜を溢れさせ、長い指を咥《くわ》え込んだ。

彼女の上品な顔がエクスタシーで歪《ゆが》むのを見ながら、伊佐夫にさらなる征服欲が湧《わ》いてくる。眼鏡の奥の目を光らせ、伊佐夫は妖しく微笑んだ。

「ふふ、いいコだ。そう、お前はもう俺なしではいられない体なんだ。お前の体に官能の火を灯《とも》せる男は、俺しかいないんだ。六本木のチーママのお前はいつも男たちにチヤホヤされていて、客の前では女王のように振る舞っているが、俺の前だけでは愛奴だからな。……ほら、俺のちょっとの愛撫で、こんなに濡らして。すごい。お前のここ、俺の指を咥え込んで放さないよ。ほら、いやらしい音を立てて……」

伊佐夫が友美の花びらに指を出し入れする。友美の女陰は蜜をねっとりと絡ませ、「クチュクチュ」と卑猥《ひわい》な音を立てた。

「ああん……ダメ……ああっ、くすぐったい……きゃああっ」

伊佐夫は薄笑みを浮かべ、友美のクリトリスをそっと弄《いじ》る。親指と人差し指で蕾《つぼみ》を摘んで擦《こす》りながら、中指を女陰にゆっくりと出し入れした。

「いや……いやあ……ああ――――ん」

艶めかしく身をくねらせ、友美が悶える。感度がとても良い彼女は、秘部を弄《いじ》り回されると、たちまち達しそうになってしまうのだ。もっとも敏感なクリトリスを揉まれ、擦られ、友美の熟れた女体に快楽の波が駆けめぐる。彼女の赫《あか》い花びらは指を奥深く呑み込み、粘つく愛液を溢れさせる。蕾は充血し、ぷっくりと芽吹いていた。

「ああん……気持ちいい……ううんっ」

友美は伊佐夫の白髪交じりの頭を抱え、達してしまった。花びらが伸縮して泡を吹き、蕾がヒクヒクと痙攣《けいれん》する。彼女は蜜を垂れ流しながら、快楽の余韻に浸って、悩ましく身を捩らせる。

伊佐夫は友美の匂いを思いきり吸い込んだ。クチナシの香りのパルファンに、雌猫のような匂いが混ざり合い、彼女はえも言われぬ芳香を匂い立たせていた。それはなんとも官能的な香りで、伊佐夫は友美の肌に鼻を押しつけ、荒々しい息遣いのまま、暫《しばら》くじっとしていた。

快楽の痙攣がおさまると、友美はゆっくりと目を開け、伊佐夫の皺の刻まれた額にキスをした。そして、白くしなやかな手を、彼の股間へとそっと伸ばした。

いつもどおり、伊佐夫の股間は無反応だった。

友美は何も言わず、微笑みを浮かべながら伊佐夫を抱き締める。七十歳をとうに過ぎた伊佐夫は、友美に出逢《であ》った頃から糖尿病の影響ですでにインポテンツだった。伊佐夫は溜息《ためいき》をついた。

「……まあ、俺のここはなかなか治らないが、お前を何度もイカせてあげることはできるかな。まだまだこれからだぞ、覚悟しろよ、友美」

友美は伊佐夫に豊かな肉体を押しつけ、彼の頬にキスをした。女盛りの友美にとって、正直、伊佐夫がインポテンツであることは不満だ。しかし、彼は友美の一番の上客であり、彼女が店を持つ時には出資してくれると言っている人物なのだ。今までも、伊佐夫は何かにつけ友美の力になってくれた。そんな彼を、友美は「客」としてだけではなく、「男」として信頼していた。

ホステスと客として知り合って七年、このような関係になって五年以上が経《た》つ。友美が性的な関係を結んでいる客は、伊佐夫だけだった。魅力的な友美に言い寄る男は多かったが、彼女はそう簡単に身を許したりはしなかった。ＯＬを経て二十代半ばの頃から水商売の世界で生きてきた友美は、なかなかの遣《や》り手だ。人生経験とともに、男を見る目もできている。そんな彼女が信用を置いているのが東郷伊佐夫だったのだ。

建設会社の社長であり、各界に顔が広い伊佐夫をパトロンとしてキープしておきたいという計算があるのはもちろんだが、それを超えた気持ち、いわゆる〝愛情〟も友美は彼に持っていた。しかし愛情といっても、相手の家庭を壊そうなどとはこれっぽっちも思わず、彼の妻に対してもまったく嫉妬《しっと》しないという、あくまでクールな感情だ。

友美の伊佐夫への愛情は、彼の「男」の部分に対するものというより、「人間」の部分に対するものなのかもしれない。仕事ができ、富を持ち、そして自分の支えになってくれる伊佐夫を、友美は素直に尊敬していた。


友美は伊佐夫に抱きつき、耳元で囁いた。

「そうよ……もっともっとイカせて。あなたの指で、あなたの舌で……。私の体は、あなたの愛撫じゃなきゃダメなんだから……。あなたがいなくちゃ、ダメなんだから」

彼女の甘い吐息に、伊佐夫の心が疼《うず》く。不能ゆえに、性の妄想《もうそう》や、性欲が肥大化する。その膨れ上がった性欲を、伊佐夫は友美にこうしてぶつけ、満足するのだ。

友美はいわば、伊佐夫の愛人であり、愛奴であり、玩具《おもちゃ》だった。

彼女の淫《みだ》らな姿に伊佐夫は強く高ぶり、シルクのガウンを剝《は》ぎ取った。高価なランジェリーを纏《まと》った、豊満な美しい女体が現れる。

伊佐夫は生唾を飲み込んだ。

紫色のレースの下着は、友美の白い肌をいっそう透き通らせて見せた。胸とヒップは豊かだが、胴は滑らかにくびれていて、肌は真珠のように艶《つや》やかに輝いている。女の色香が、匂い立つようだ。

友美の女盛りの妖艶《ようえん》な美しさに、伊佐夫は溜息をつき、暫し見惚《みと》れた。

そして携帯電話を手にすると、写真機能を使って、下着姿の友美を撮り始めた。友美は恥ずかしそうにうつむき、微笑する。はにかむ彼女に強い欲望を感じながら、伊佐夫はシャッターのボタンを押した。彼の携帯電話に、友美の艶やかな姿が収められてゆく。

下着姿の友美を五枚ほど撮ると、伊佐夫は彼女を抱擁《ほうよう》し、体を撫で回した。

「ああん……あなた……抱いて……そう、もっと強く……ああ……」

彼の腕の中で、友美は身を捩った。

「なんでお前は、こんなに滑らかな肌をしているんだ……。まるで繻子《しゅす》のようだ。スベスベで、触れているだけで……もう……。さすが『薔薇《ばら》月夜』のチーママだ。エステにも頻繁に行ってるんだろ？　ああ、堪らない……」

白く、柔らかく、香り立つ女体に、伊佐夫は我を忘れて没頭する。彼の腕の中で、友美はクスリと笑った。

「私の肌が滑らかなのは、あなたに愛撫されているからよ。好きな男性に体に触れられていると、それだけで女性ホルモンが活発になるの。女ってそうよ。高級エステやクリニックにいくら行っても、それだけじゃ絶対に美しくなれないの。男がいなくちゃ。そして体中を撫で回されて、可愛がられなくちゃ。……ふふ、だから私の肌がスベスベでいられるのは、あなたのおかげよ」

友美は悩ましく身をくねらせ、伊佐夫に甘える。伊佐夫は友美の鼻の頭に、指でそっと触れた。

「友美、やっぱりお前は、男を喰って輝くタイプの女だな。男の愛撫を肥やしにして美貌《びぼう》を保とうとするなんて、雌カマキリみたいだ。ははは……『お前は俺の愛奴だ』なんて言いながら、どっちが餌食《えじき》になってるか分からんな」

激しい官能の中、二人は顔を見合わせ、微笑み合う。

「お互いさまじゃない。私はあなたのおかげで艶やかでいられて、あなただって私のおかげで若々しくいられるんじゃなくて？　お互い食べ合って、お互い栄養にしているんだわ。……あなた、お歳のわりに顔の色艶だって本当に良いもの。お店のお客様や女の子たちの間でも評判よ。東郷伊佐夫、いつまでも衰え知らずの伊達男って」

伊佐夫は高笑いし、友美の熟れた尻を撫で回した。

「そうか、そんなことを言われているのか。ふふ、俺もまだまだ捨てたもんじゃないな。……それなら今度、ユッコにでも声を掛けて、食事でも誘ってみるか。お祖父《じい》ちゃんぐらいの年齢の俺でも、ついてきてくれるかな」

ユッコとは『薔薇月夜』で一番若いホステスだ。伊佐夫の言葉が冗談と分かりつつ、友美はわざとヤキモチを焼いてみせた。

「ふん。そんなことをしたら、これだからね」

友美は微笑みながら、伊佐夫の尻を思いきりつねる。

「いて！　痛いよ！　冗談だって！　俺には友美だけなんだから。……お前だって分かっているだろう？　なんだよ、それなのに尻をつねるなんて。お前、今、けっこう力入れてつねっただろ？　本気で痛かったぞ！　こんな悪い愛奴は、お仕置きだ。ほら！」

今度は伊佐夫が、友美の尻を思いきり手で叩《たた》く。白い柔肌を打たれ、友美が声を上げた。

「ああんっ！　痛い！　痛いっ！　ああっ、ごめんなさい……ううんっ！」

伊佐夫は友美を絨毯《じゆうたん》の上に倒し、四つん這《ば》いにさせ、尻を打った。「パーン、パーン」という肉を叩く音が、洒落《しやれ》た部屋に響く。叩かれるたび、友美は身を震わせ、下半身をくねらせた。紫色のレースのパンティに、愛液が滲んでゆく。

「まったく、お前は尻もいやらしいな。どうだ？　俺にぶたれるたびに、膨れ上がってゆくじゃないか。大きな尻が、ますます豊かになってゆく。スケベな尻だ。ほら……」

伊佐夫は鼻息荒く、友美のパンティを脱がせる。四つん這いの彼女の下半身が露わになった。

た。

「ああっ……いやあっ……ああん、痛いっ！」

友美は羞恥《しゅうち》で頬を染め、四つん這いで身悶える。白く豊満な尻を、伊佐夫は思いきり叩いた。

「ああんっ！　ダメ！　痛いっ……きゃあっ！　濡れ……ちゃう……あああんっ！」

M性のある友美は痛みを感じながらも、それが徐々に快楽へとなり、体の芯《しん》が蕩《とろ》けてしまう。真っ白な双臀《そうでん》の奥、赫い花びらはヒクヒクと伸縮し、蜜を垂らす。

有名クラブのチーママとして多くの名士に慕われる彼女も、一皮剝《む》けばマゾの雌犬なのだ。

そしてそんな彼女を玩具にできる悦びが、伊佐夫を大いに高ぶらせる。

伊佐夫は友美の尻肉を嬲《なぶ》りながら、双臀を摑んで押し広げ、愛らしいアナルへ唇を寄せ、舐めた。

「ああっ……あああん、くすぐったい……ああっ……気持ちいい……あ——ん」

肛門を愛撫され、友美が大胆に喘ぐ。伊佐夫は彼女のアナルに舌を入れ、舐め回した。

めくるめく快楽で、友美は蜜を溢れさせ、空気を震わせるような声を上げ続ける。

すると、マンションの隣の部屋で大きな音楽が掛かり始めた。築七年の近代的な建物だから音漏れはそれほどしないはずなのに、隣の部屋は時々うるさい。つまりはそれほど大音量で音楽を流しているということだ。特に友美が自宅で性の営みに励んでいる時に、不意にうるさくなる。ということは、隣の住人は友美の喘ぎ声が迷惑なのかもしれない。結局どっちもどっちなのだ。

伊佐夫も隣の音楽に気づき、ふと正気に戻って愛撫を止める。彼はソファに座り直して水割りを一口飲み、葉巻を吹かして一服した。

「いやあね、お隣、たまにうるさくなるのよ。設備がいいからこのマンションに入居したのに……」

壁を睨《にら》み、友美がグチを言う。下半身を丸出しにして膨れっ面をしている姿が可愛く、伊佐夫は友美の頭を撫でた。

「ははは……お前のいやらしい喘ぎ声に耐えかねたんだろう。友美、隣のヤツには注意しろよ。お前の色気にムラムラして、何かちょっかい出してくるかもしれないからな」

友美は苦笑した。

「そんな心配はないわよ。てんで愛想なんかない男だし、女も適当にいるみたい。窓開けてると、たまに聞こえてくるのよ。あちらからも、淫らな声が。……ふん、私は黙ってやってるのに、当てつけるようなことしてさ」

伊佐夫は「よしよし」というように友美の頭を撫で、リモコンを手にしてCDを掛けた。洒落た部屋に、トランペットの気だるい音色が静かに流れ、ムードを高める。

「これで隣の音など気にならなくなるだろ。さあ、二人の世界に没頭しよう。友美、心を解放し、もっと快楽に溺《おぼ》れるんだ。……ほら、こうすれば、神経が集中するだろう。どうだい?」

伊佐夫はガウンの腰紐《こしひも》で、友美に目隠ししてしまった。視界を突然さえぎられ、友美は微《かす》かに怯《おび》えた。

「ああっ……怖い……ああん」

周りが見えないと、感度はさらに冴える。「目隠し」という行為に友美は官能を覚え、下半身を剝き出しのまま、悩ましく身をくねらせた。白い腹部の下、繁みが剃毛《ていもう》され、割れ目が見えるのが扇情的だ。

伊佐夫は部屋のライトを薄暗くして、アロマキャンドルを灯した。薔薇の芳香がふわっと広がり、エロティシズムをさらに燃え上がらせる。伊佐夫は鼻息荒く、友美に伸《の》し掛かった。

「ああっ……あああん……はああっ……いやあ、恥ずかしい……」

伊佐夫の手が、友美のブラジャーを毟《むし》り取った。マシュマロのような、白い豊満な乳房が露わになる。伊佐夫は堪らず、友美の乳房を両手で摑み、揉んだ。

「ああ、友美……気持ちいいよ……柔らかくて、大きくて……手に吸いつくようだ……モチモチして……ああ、堪らない……揉んでるだけで……イッてしまいそうだ……ううぅっ」

伊佐夫は呻《うめ》き声を上げ、友美の乳房を揉みしだく。彼女の豊かな乳房は揉みごたえがあり、えも言われぬ手触りで、伊佐夫を快楽の渦に引き込むのだ。彼のペニスは硬くはならないが、むず痒《がゆ》くなって疼いた。

「あぁっ……ダメ……気持ちいい……もっと……揉んで……ううんっ」

目隠しされたまま、友美が身悶える。キャンドルの仄《ほの》かな灯《あか》りの中、彼女の白く豊満な女体が浮かび上がる。目隠しをされて乳房を弄ばれ、官能も二倍に膨れている。友美は赫い花びらから、蜜を溢れさせた。

乳房を揉まれているだけで、痺《しび》れるような快楽が友美の体を駆けめぐる。彼女は指を咥え、唇を悦楽の涎《よだれ》で濡らした。

「友美……友美……なんでお前の体はこんなにいやらしいんだ。俺の手を吸いつけて離さないぞ。ああ……堪らない。なんて淫らな肉の塊なんだ。こんな大きなオッパイを、俺は初めて見たぞ。いつも上品な服で隠しているくせに、脱ぐと卑猥なほどに豊かな乳房が現れる……。まるで果実のように熟した、たわわな乳房が！　淫乱だ……お前は天性の淫乱だ。こんなにも俺の心を掻《か》き乱す。ああ……友美……堪らない。お前を食べてしまいたい」

伊佐夫は狂おしいほど高ぶり、友美の乳房を両手で鷲摑みにして、谷間に顔を埋めて頬擦りした。温かく柔らかな乳房の感触に、下半身が痺れる。友美の乳房は花とミルクを混ぜ合わせたような香りがして、伊佐夫は恍惚《こうこつ》とした。

「ああん……ああっ……くすぐったい……ううんっ」

伊佐夫は彼女の乳首を口に含み、舐め回した。友美の乳首は官能で突起している。長く伸びた乳首を咥え、彼は赤子に戻ったように無邪気に乳房に戯れた。

「ねえ……噛んで……優しく……お願い、噛んで……きゃあっ……ああっ……痛っ……ああっ」

友美にねだられるまま、伊佐夫が乳首を噛む。突起した乳首を優しく噛まれるのは目眩《めまい》がするほどの官能で、友美は愛液を溢れさせて身悶える。薄桃色の乳首が、仄かに赤らんだ。痛痒《いたがゆ》さは、やがて甘い快楽へと変わる。

「友美……ううん……美味しいよ……お前の乳首は……甘くて……本当にミルクが出るんじゃないか……ああ……」

ミルクを欲しがる赤子のように、伊佐夫は友美の乳首をチュッチュと吸い上げる。乳首の快楽が秘部へと伝わり、友美は達してしまいそうだ。乳首と同様に、クリトリスもぷっくりと膨れる。

「ああん……あなた……ステキ……ああっ……イッちゃいそ……う……ああん」

快楽に陶酔し、友美が息も絶え絶えに喘ぐ。

伊佐夫は友美の乳首を、もっと弄んでやりたかった。彼はフルーツの盛り合わせの皿から、今度はさくらんぼを指で摘んだ。そして、それを彼女の乳首に転がした。

「ああん……くすぐったい……ああっ」

さくらんぼのひんやりと柔らかな感触が心地良く、友美の乳首はますます膨らむ。さくらんぼに擦られる乳首を見ながら、伊佐夫は溜息混じりに言った。

「ああ……お前の乳首もさくらんぼのようだ。ぷっくりと膨れて、可愛らしくて。いかにも食指が動く……ああ……」

そして彼は、さくらんぼの二つの実で、友美の突起した乳首を挟んだ。みずみずしい官能に、彼女の白い柔肌がほんのりと桜色に染まってゆく。

「いや……ダメ……ううん」

友美は体を仰《の》け反《ぞ》らせ、微かな溜息を漏らす。さくらんぼの愛撫で、乳首はますます紅く実る。視界は遮られているが、さくらんぼの香りと感触が彼女を高ぶらせた。

乳首に桜桃の香りを染み込ませると、伊佐夫は恍惚とする友美の顔に、さくらんぼを垂らした。そして半開きになった彼女の唇に、さくらんぼを押し込んだ。

「ああん……美味しい……」

果実のエロスに恍惚として、友美が身をくねらせる。クリトリスも紅く膨れて、さくらんぼのようだ。唇を濡らして桜桃をクチュクチュと味わう彼女は妙に悩ましく、伊佐夫は生唾を呑んだ。

彼女の豊かな乳房を弄びながら、伊佐夫は、なぜか得体の知れぬ嫉妬を燃やす。乳房を揉み、乳首を舐め回しながら、彼は言った。

「友美……お前は本当に男好きする女だ。美人のうえに情に篤《あつ》くて、上品でいながら乱れると果てしなく淫靡だ。お前を抱きたいと思っている男は、山のようにいるだろう。お前のお客は誰も、妄想の中で一度はお前を犯しているにちがいない。ああ、そう考えると、俺はなんて幸せ者なんだろう。そんなお前を玩具にできるのだから。……でも、友美、俺は心配なんだよ。心配で心配で堪らないんだ。お前がほかの男にも抱かれているんじゃないか、って。ほかの男に盗《と》られるんじゃないか、って。精力絶倫の、インポテンツじゃない男に……」

伊佐夫の声が次第に荒ぶる。友美は彼の下で身をくねらせながら、甘い声で囁いた。

「もう、バカね……。そんな心配、いらないわ。あなただけよ……信用して……ああっ！　い……痛い！　きゃああっ！」

友美が叫ぶ。伊佐夫が彼女の乳房に嚙みついたのだ。思いきり嚙まれ、激しい痛みに彼女は目に涙を滲ませた。

伊佐夫は嫉妬の念に駆られると、時おり友美の肉体に嚙みつき、痣《あざ》をつけることがあった。キスマークや痣をつけることで、ほかの男との性交を阻止しようという企みだ。「友美には俺という男がいるから、ほかのやつらは手を出すな」という暗黙の主張である。

伊佐夫は独占欲が強く、友美を自分だけの女にしておきたかったのだ。

「ふふ……歯形をつけてやった。これでまた一週間は痣が消えないな。一週間はお前の浮気の心配がないってことだ。ほら、見てみろ。お前の真っ白な乳房についた、俺の印を」

彼は友美の目隠しを取ってあげた。彼女は自分の乳房を見て、唇を嚙み締めた。嚙まれた痕《あと》はさくらんぼのような赤色に腫《は》れ、痛々しい。乳房をそっと隠す友美に、伊佐夫はSの血を疼かせ、舌なめずりした。

「どうだ、友美？　嬉しいだろ、御主人様の愛の印を乳房に刻んで。なに、今は赤く腫れているが、徐々に青痣になるさ。そして、お前はその痣を見るたび、俺を思い出すんだ。シャワーを浴びる時、服を着替える時、そして……乳房を自ら揉みながら自慰をする時。お前の心の中には、いつも俺がいるんだ。ほかの誰にも渡しはしない。ふふ……お前は俺だけのものだ。俺だけの……」

伊佐夫は鼻息を荒げ、友美の肉体を撫で回し、伸し掛かる。そしてガウンの紐で、今度は彼女の手首を縛ってしまった。

拘束され、友美は絨毯の上に転がされる。絶え間ない官能で淫らに息づく女体は、キャンドルの炎に照らされ、妖しく輝く。

「ああ、友美。お前の肌は本当に艶やかだ。まるで蠟《ろう》のようじゃないか。白くて光沢がある。……友美、お前の花びらに、俺のペニスをぶち込んでやりたいよ。ああ、でも、それは今は無理だ。切ない、切ないよ……」

伊佐夫は水割りを手にし、突然それを友美の体に注いだ。

「きゃあっ！　つ……冷たい！」

溶け残っていた氷まで体に降り掛かり、友美は叫び声を上げる。身をくねらせる友美は白蛇のようで、伊佐夫は堪らずに彼女に覆い被《かぶ》さった。そして、スコッチを啜《すす》るように、友美の熟れた女体を舐め回し始めた。

「ああっ……はああっ……ダメ……ああん」

伊佐夫の舌が、友美の耳元を首筋を鎖骨を、腋《わき》の下を脇腹を這ってゆく。友美は全身が性感帯のようで、どこを舐められてもビクビクと体を反応させ、悩ましく喘いで悶える。そして彼女のそんな淫らさが、伊佐夫をよけいに掻き立てるのだった。

「美味しい……友美の体は、本当にどこも美味しいよ。乳房だけじゃなく、腕も、指も。柔らかくて、熟れ頃の果実のように甘くみずみずしい。嚙んだら、ジューシーな汁が溢れ出そうだ……ううん、美味しい……」

伊佐夫が友美の腹を噛む。友美は眉間《みけん》に皺を寄せて叫んだ。

「い……痛いっ！　や……やめて！　本当に食べないで！」

真に痛くて、友美は涙目で訴えた。彼女の肉体に対する伊佐夫の愛し方は、まさに「食べてしまう」という感じだった。全身を激しく撫で回し、熱烈に舐め回し、肌を肉を味わう。ペニスが機能しないから、いっそう愛撫に力がこもるのかもしれない。

友美の柔らかな腹についた赤い歯形を見ながら、彼は妖しく笑った。

「ふふ……本当に食べたりはしないさ。俺は食人鬼ではないからね。でも……食べたいぐらいに愛しているのさ、お前のことを」

夏の夜、熱気のこもった戯れに、友美の肌に汗が滴る。体の芯まで火照り、奥から蜜が溢れてくる。絶え間ない快楽に、頭がぼんやりとして、脳まで蕩けてゆきそうだ。

伊佐夫は友美の足を開かせながら、低い声で淫靡に囁く。

「次はお前の秘肉を食べてやるぞ。ほら、もっと足を開いてみろ。……ああ、美味そうな色艶だ。熟れきったザクロみたいだよ。赫い実をパックリと開き、果汁を滴らせている。ああ……なんて卑猥な果実なんだ……ああ」

友美の秘部をじっくりと見つめ、伊佐夫は興奮で声を震わせる。友美は羞恥で、悩ましく身をくねらせた。白い柔肌に、ほんのり紅がさす。

伊佐夫は携帯電話を持ち、今度は、秘部をさらけ出した友美の写真を撮り始めた。

「いや……恥ずかしい……やめて！　いや……いやあ！」

シャッターを切る音がするたび、友美は恥ずかしそうに身を震わせる。彼にこんな淫らな姿を撮られるのはいつものことなのだが、羞恥心は決して消えない。そして友美のそんな恥じらう姿に、伊佐夫の欲情はますます募るのだった。

「友美……俺はお前に会えない時、いつもお前のこんな写真を見て、寂しさを紛らわしているんだ。夜、一人寝のベッドでお前の写真を心ゆくまで観賞し、携帯電話を握り締めて眠るんだよ。それぐらい、お前を思っているんだ。……綺麗だ。お前は本当に綺麗だ。剃毛されたお前の秘肉はまさにザクロ、そしてクリトリスは果実の種みたいだ。ああ、なんて食指を誘うのだろう……」

淫らな姿を写真に撮られ、激しい羞恥と官能で、友美はますます体が火照る。乳首が突起し、掠《かす》れた喘ぎが唇から漏れ続けた。

「だめ……だめよ……撮られながら、イッてしまいそう……あああん……気が……気が狂《ふ》れてしまいそうよ……」

M性のある友美は、羞恥が快楽へと変化してゆくのだ。猥褻《わいせつ》な姿を写され、彼女は激しく高ぶる。縛られた両手を自ら股間に押し当て、秘部を弄り始めた。

友美のそのような淫乱ぶりも、伊佐夫には可愛く思える。彼は写真を撮る手を休め、友美に再び覆い被さった。

「どうした？　我慢できなくなったか？　ふふ……そんなに乳首を尖《とが》らせて、よっぽど感じているんだな。淫らな姿を男に見られると、そんなに興奮するか？　じゃあ、お前のこの写真をバラまいてやろうか？……冗談だよ。怯えるな。美しく淫らなお前のこの姿は、俺だけの宝物だ。ほかの誰にも見せやしない。見せてなんかやるものか。絶対に。……友美、お前は俺だけのものだ。そうだろ？　ああ……友美……友美」

伊佐夫は友美の股間に顔を埋め、夢中で秘肉にむしゃぶりついた。溢れ出る蜜を啜り上げ、赫い果肉を舐め回して、味わう。

「ううんっ……ふううっ……」

友美は堪らず、太腿で伊佐夫の顔を挟み、自ら腰を動かす。伊佐夫の長く柔らかな舌が、秘肉にとても心地良いのだ。ナメクジが果肉に入り込んでいるようで、友美は果汁をいっそう迸らせた。溢れ出る汁が、伊佐夫の顔を汚す。

「ううん……美味しい……友美の秘肉……甘酸っぱくて、腐りかけの果実のような匂いがして……ううっ……美味しい……」

伊佐夫は思いきり匂いを吸い込み、女陰を味わう。花びらの奥にまで舌を入れ、舌先でこねくり回した。

「きゃあっ……いやっ……あああんっ……くすぐったい……ああ——ん」

伊佐夫の舌がクリトリスに伸びる。彼は蕾を唇でチュッチュと吸いながら、舌で器用に皮を剝き、ナマの肉芽を舌先で転がした。

「いやああっ！　ああっ……ああ——んっ！　助けて……勘弁して……いやあああっ！」

敏感な蕾を責められ、友美は身を捩って悶絶する。彼女が乱れれば乱れるほど、伊佐夫は嬉しかった。

「いいよ、イキたいなら、何度でもイキなさい。……ううん、お前のクリトリスも美味しいな。しょっぱくて酸味がきいていて。舐めると舌にちょっぴりピリッとくるのが、堪らない。……ああ、いい味だ。味といい、舌への感触といい、塩辛みたいだ。酒に合いそうだな……ふふ……」

伊佐夫は蕾を舐め回しながら、蜜が迸る女陰へと指を二本入れ、ねっとりとこね回す。愛しているのに、彼女の体を貫くことができない、もどかしさ。ペニスが猛らないぶん、伊佐夫の心は激しく猛る。それが友美への執拗《しつよう》な責めとなってゆくのだ。

「ああっ……はああっ……ううううんっ」

クリトリスと女陰を同時に責められ、頭が痺れるほどの官能に、友美は息も絶え絶えだ。果肉に指を激しく出し入れされ、強すぎる快楽で尿意まで込み上げてくる。

「イク……イッちゃう……ああん」

伊佐夫の首に足を絡ませ、友美は艶めかしく腰を振って達した。体の奥から快楽が込み上げ、全身にじわじわと広がってゆく。汗が噴き出し、爪先まで熱くなり、足の指が軽く反る。

オルガスムスに友美の果肉は伸縮して果汁を溢れさせ、果実の種は痙攣して蠢《うごめ》いた。

アロマキャンドルの芳香に包まれ、友美は伊佐夫の舌と指で何度もイカされた。伊佐夫は果肉の奥に舌を入れてこねくり回し、鼻先で果実の種を突き上げた。思いきり愛撫すると、あたかもペニスを挿《い》れたような気分になり、セックスの疑似体験の快楽を得られる。伊佐夫は鼻でクリトリスを突き上げながら、ペニスで突き上げている気分を堪能した。

何度も達してエクスタシーを彷徨《さまよ》う友美は、ますます艶っぽく光り輝く。肌はいっそう脂が乗り、女盛りのフェロモンを発していた。

「ああんっ……ダメ……これ以上したら……おかしくなっちゃう……あああっっ」

バイブレーターを手にした伊佐夫を見て、友美が怯える。しかし彼は容赦なく、それを友美の女陰へと押し当て、ゆっくりと挿し込んでゆく。

全長二十三センチ、直径三センチ、淡いピンク色の、らせん状のバイブだ。

友美の女陰は蜜を溢れさせて、バイブを奥深く呑み込んだ。伊佐夫はバイブのスイッチを入れ、ゆっくりと動かす。ピンク色の愛らしいオモチャが、果肉の中でうねり始める。

「あああっ……ううう……すごい……ああ――っ」

らせん状のオモチャがうねると、秘肉が掻き乱されるようだ。果肉の奥の奥までこねくり回され、友美は悶絶して仰け反る。脳まで侵食するような凄《すさ》まじい快楽に襲われ、友美は唇に涎を浮かべた。

「友美、ほら、イケ。何度でもイケ。心と体を解放して、イケ！　イクんだ！」

彼女の果肉にバイブを出し挿れしながら、伊佐夫は自分のペニスで犯しているような疑似快楽に浸る。彼は鼻息を荒げ、目を血走らせ、夢中でバイブを出し挿れした。まるで激しく腰を打ちつけるかのように。

「ああっ……イク……ああ、イッちゃう……ああっ……ああ――――っ！」

友美が声を振り絞って絶叫する。うねるバイブが果肉をこね回し、Ｇスポットを刺激するのだ。クリトリスもバイブの弁で弄り回され、友美は小水を漏らしそうなほどのエクスタシーの中、あっけなく達してしまった。

「くううっ……ううっ……ふううっ」

唇を嚙み締め、体を仰け反らせ、激しい快楽を享受する。達した果肉の中、肉襞《にくひだ》が蠢いていた。

「ふふ……友美、潮を吹いてしまったみたいだね。イク時、お前の膣から透明な液体がピュッって飛んだよ。……なんだ、赤い顔して。恥ずかしがることないさ、感度がとても良いってことだ。ああ、友美……イッた時のお前、本当に可愛いよ。エクスタシーに歪んだ女の顔は、実に美しい……ほら、もっとイキなさい。何度でも」

伊佐夫はバイブを引き抜くことなく、達した女陰をさらに嬲り、彼女の淫らな姿を写真に撮る。容赦ない責めに、友美は息も絶え絶えに許しを願った。強い快楽が絶え間なく続き、気が狂れてしまいそうなのだ。

「やめて……お願いです……やめてください……イッたばかりだから……くすぐったくて……変になってしまいそう……ああっ……やめて……ううんっ」

しかし伊佐夫は友美を責め続ける。友美を快楽の渦に巻き込み、身も心もドロドロにすることが、伊佐夫の彼女への愛の証《あかし》なのだ。

伊佐夫は、友美のGスポットがバイブの先端でこねくり回されるように固定し、アロマキャンドルを手に持った。そして、香り立つ蠟を、友美の白い女体へと落とし始めた。

「きゃあああっ……あつ……熱い！　いやあっ……あああっっ」

オモチャと蠟に同時に責められ、友美は額に汗を滲ませ身悶える。蠟は香り立ち、煌《きら》めきながら、彼女の体へと垂れ落ちた。果実のような乳房が、白い蠟で覆われてゆく。

「友美、お前が好きな蠟責めだよ。バイブで犯されながら蠟を垂らされるのが、お前の一番の好物だろ。この責めをされると、お前は涎を垂らしながら何度でもイクからな。ほら、イケ。お前の大好きな、バイブと蠟燭で、何度でも。ふふ……夜はまだまだ長いさ」

伊佐夫との週に一度のこの秘儀は、いつも日曜の朝まで続くのだ。そして毎回、友美は体力の限界までイカされる。頭まで蕩けてしまいそうなこのエロスの時間が、友美には悦《よろこ》びであり、試練でもあった。

「あぁっ……あぁんっ……バイブが……バイブが奥まで突く！　あそこがヒクヒクするう！」

めくるめく官能の渦に呑み込まれ、友美は淫らな白い肉塊となり、大股を開いて乱れに乱れる。

「乳首も……気持ちいい！　ああん、もっと垂らして！　熱くて……いいの！　あああっ」

悶絶する友美の姿を写真に収めながら、伊佐夫は彼女の望みどおり乳首に蠟をたっぷり垂らしてやった。

卑猥なほどに突起した乳首に、香り立つ蠟が降り掛かる。友美は大股開きの果肉から、粘つく果汁を溢れさせた。

七月十七日　蝶々の一日

携帯電話が鳴り、友美は目を覚ました。眠い目を擦りながら時計を見ると、午後二時を過ぎている。そろそろ起きる時間だった。

「もしもしぃ、山ちゃん？　おはよ。わざわざ起こしてくれたのね。ありがと」

電話を掛けてきたのは客の山本だった。

「あ、友美ちゃん、まだ寝てた？　ごめん、ごめん、起こしちゃって。いやあ、今夜久しぶりに同伴させてもらうからさ、なんだか嬉しくって電話しちゃったんだ。友美ちゃんの声が聞きたくなってね。今夜はよろしく。ところで『瀬里奈』の鉄板焼きと『とみ綱』のすっぽんコース、どっちがいい？」

友美は唇を指でそっと触って、考える。寝起きで食欲はないが、彼女は美食家なので食事にはちょっとうるさいのだ。

「そうねえ……鉄板焼きも捨てがたいけれど、やっぱり『とみ綱』がいいかしら。こう暑いと、それだけでエネルギー消耗しちゃってる感じで、精力のつくものが食べたいのよね。美容にも健康にもいいから、すっぽんにしましょう！　山ちゃん、私にすっぽん食べさせて！　お肌プルプルにするためにも！　六本木の女が枯れちゃ、マズいでしょ。ね？」

客に何かをねだる時は、いつにも増して色気たっぷりの甘え声を出す。チーママの鉄則である。

「そうか！　じゃあ、すっぽんにしよう！　今夜九時で予約しとくよ。愛してるぜ、友美ちゃん！　でも精力つけて、俺をどうするつもりだよぉ？」

友美に甘えられるのが嬉しいのか、山本はやけに機嫌が良い。

「あらあ、別に私、山ちゃんを煮て焼いて食おうってワケじゃないわよ！　うふふ……そんなに私に食べられたいなら、山ちゃん、すっぽん鍋に入れて出汁にしちゃうぞっ！　すっぽん、すっぽん、あそこもすっぽん！」

客と喋《しゃべ》っているうちに、友美も目が覚めてくる。ベッドの上で足を組み、煙草に火を点《つ》けた。友美が吸っているのはイヴサンローランライトである。

「いやだなあ、友美ちゃん。昼間からそんな艶っぽい声で『あそこもすっぽん』だなんて。いやらし過ぎるよ。俺の下半身、ホントにすっぽんになっちゃうじゃないか。……まあ、そんなスケベな君が好きなんだけどさっ！」

昼間からこんな軽口を叩いている山本は、老舗《しにせ》の呉服屋の若旦那である。仕事の合間に、着物姿で電話を掛けてきて、馬鹿話に興じているのだ。そう考えるとなんだか面白く、友美はクスクスと笑ってしまった。男というのは実に愚かで、その愚かさが友美には愛《いと》おしいのだ。

二人は暫く話し、「すっぽん、すっぽん！」と合唱しながら電話を切った。山本のコールのおかげで、友美はすっかり目が覚めてしまった。昨夜のアルコールはもう消えているが、喉《のど》がやけに渇いている。今日も暑いのだろう。タイマーをセットし、二時間前から冷房が掛かるようにしていたが、シルクのネグリジェの下、肌が汗ばんでいる。

カーテンを開けると、真夏の陽射しが目に眩《まぶ》しい。友美はミネラルウォーターを持って半身浴することにした。

スポーツクラブは昨日行ったから今日は別に行かなくてもよいし、エステは店の帰りに朝まで営業しているスパに行けばよいから、今日は同伴までのんびりしていよう。友美はそんなことを考えながら、鼻歌交じりでネグリジェを脱ぎ捨てた。

薔薇の香りの泡風呂にゆっくり浸かり、水分補給しながらクランスのオイルで念入りにマッサージすると、心身がみずみずしく蘇《よみがえ》る。友美は風呂場に置いた液晶テレビを見ながら、一時間以上バスタイムを楽しんだ。

テレビをつけ、鼻歌を歌い、シャワーを思いきり流して、友美はバスルームで女体を磨いた。

風呂からあがり肌を整えると、友美はフルーツとヨーグルトの軽い食事を摂った。同伴の時にコースでしっかり食べる予定なので、お腹《なか》に溜《た》まらないものがよいと思ったのだ。林檎《りんご》を切ってヨーグルトに混ぜ、美容に良いハチミツを紅茶にたっぷり入れる。音楽を流しながら、友美は好物の林檎をゆっくりと味わう。甘くてシャリシャリとした食感が、彼女の舌に官能をもたらすのだ。

食事が終わったら、新聞五紙に目を通し、政治・経済情勢とニュースをザッと把握する。もちろん、客との会話を滑らかにするためだ。しかし、利口ぶるのは厳禁である。銀座では知的なホステスが好まれることもあるが、六本木の場合は少し間の抜けた可愛い女が好かれることが多いからだ。

客に合わせられるぐらいの知識を持っていれば、別に博識じゃなくても、「あら、そんな難しいこと、私、分からないわ。教えて」と素直に言うほうが好印象だったりする。可愛い女を演じることができるのも、また知恵ということだ。

客に営業のメールを送ったり、電話を掛けたりするうちに、すぐに日が暮れてしまう。友美はシャネルの水色のサマースーツに着替え、愛用の香水を振り掛けた。シャネルの「ガーデニア」。西洋クチナシの甘く上品な香りが、友美を包む。この香水は日本未発売のため国内で手に入れることはなかなか難しく、彼女は海外旅行の時に買いだめしているのだ。白いオーストリッチのケリーバッグを持ち、パールホワイトのフェラガモの靴を履き、友美は足取り軽く部屋を出た。同伴の時間に間に合うように、深夜まで営業している美容院に行って、髪をセットしてもらうのだ。

「あら……こんばんは。おかえりなさい」

「あ……どうも。いってらっしゃい」

玄関を出たところで、隣の部屋に住む男とはち合わせる。洒落た眼鏡を掛け、細くてヒョロリとした隣の男は、ちょうど会社から帰ってきたところだろう。特別親しくもなければ、険悪な関係でもない二人は、いつものように簡単に挨拶し、擦れ違った。

お互いプライベートな音が聞こえたりすることもあるが、こんな都会のマンションでは隣人との関係など希薄もいいとこだ。友美だって隣の男を、こんなふうにしか思っていなかった。

（この男は、会社勤めの普通のビジネスマンね。スーツじゃなくてポロシャツで通勤したりもしてるから、堅い職場じゃなくて、わりと自由な雰囲気の会社かしら。さりげなく良い服を着てるし、鞄や靴も凝ってるし、このマンションのこのフロアに住めるのだから、お給料

は悪くはないわね。もてなくはないだろうけれど……包容力がなさそうなのよねえ！　ま、いまどきの三十代の男ってことかな）

麻布十番のマンションを出ると、友美はタクシーに乗って俳優座の裏の美容院へ行き、髪をセットしてもらった。長い栗色の髪をトリートメントして巻いてもらうだけなのだが、ちょっとした手間暇を掛けるだけで女度がグンとアップする。

『薔薇月夜』のチーママである友美は、身だしなみに手を抜かない。特に髪の毛、睫毛《まつげ》、爪など、女をアピールできる部分には気合いを入れる。「ちゃんと手入れをしている」というところに「女」すなわち「色気」を感じる男が多いからだ。自分に投資することが、結局は客を摑むことになると考え、友美はホステスを始めた頃から惜しみなく美容代に金を掛けていた。

もちろん水商売の世界は、美しければ成功するというほど甘いものではない。美貌以外にも客の心の摑み方とか、気遣い、処世術、会話の巧みさなど様々なことが必要になってくる。しかし、それも「女の魅力」が基盤にあってこそ光るものだ。チーママの友美は、そのようなことを充分に分かっており、それゆえ決して身だしなみには手を抜かない。

「世良様、今日はネイルはどのようになさいます？　今つけているスカルプチュアはそのまま、根元だけお直ししますか？　それともスカルプを取って、つけ直しますか？」

髪をセットしてもらった後、ネイルのお手入れもしてもらう。友美は時計を見てちょっと考え、いつも担当してもらっているネイリストに言った。

「そうね、外してつけ直してもらいたいんだけれど、時間がないなあ。この後、同伴で待ち合わせしてるのよ。だから今日は根元のお直しでお願い」

ネイリストは笑顔で「承知しました」と答え、友美の爪をやすりで整えながら根元にアクリルパウダーを乗せてゆく。友美の歳になると、ネイルアートが施されているゴテゴテした爪より、シンプルなフレンチネイルのほうが好感を持たれる。ラメが上品に混ざったパールホワイト、もしくはパールピンクの爪が、彼女の定番だった。

右手をネイリストに任せながら、友美は左手で携帯電話を弄る。客からのメールが五件、留守電メッセージが三件あった。「今夜飲みに行く」という知らせや、食事やゴルフの誘いなどだ。客たちのメッセージをすべて確認し、友美はふと溜息をついた。

今日も純平からの連絡がない。

年下の男のことを思い、友美の心が微かに揺れる。純平とは割り切った関係と承知していても、彼のことを考えると友美の胸は疼くのだった。

（きっと仕事が忙しいのよ。いいことだわ、売れっ子になってきたのですもの。まあ、なかなか芽が出なかった不遇の頃から、純平はきっと人気俳優になるって信じていたけれど。……寂しいなんて思ってはダメね。彼は私より十二歳も年下なのだもの。みっともないヤキモチなんて見せてはダメ。女がすたるわ。それに……今だって二週間に一度は必ず連絡があるし、一カ月に一度は必ず会ってるじゃない。何日か電話がないぐらいで落ち込むなんて、どうかしてるわ、私)

友美が純平のことを考えているうちにも、ネイルはどんどん磨かれてゆく。整えられてゆく自分の爪先を見つめながら、友美は純平の指を思い出し、やるせなく切なくなった。

髪も爪もしっかりと整えて美容室を出る時には、友美はすっかり「チーママ」の顔に戻っていた。純平のことも頭から離れる。

華やかなオーラを漂わせながらタクシーに乗り込み、『とみ綱』へと向かう。山本は先にきて個室で待っていた。友美は艶やかな笑みを浮かべ、すっぽんのコースを心ゆくまで堪能した。ここのすっぽんの唐揚げが、プリプリサクサクして絶品なのだ。鍋を食べ終わる頃にはコラーゲンが体に充ち満ちるような気分になる。

山本と腕を組んで同伴出勤すると、店は混んでいた。テレビ局とIT企業の人たちが多い。山本が席に着くと、ボーイが丁寧におしぼりを渡す。友美は手際よく水割りを作って差し出し、言った。

「ここでちょっと待っててね。着替えて、あちらのテーブルに御挨拶《ごあいさつ》してくるから。すぐ戻ってくるわ」

「いいよいいよ、ゆっくりで。いつまでも友美ちゃんのこと待ってるから、俺」

山本が友美の肩をそっと抱く。彼はすでに酔いが回って、機嫌が良いのだ。友美が山本にウィンクしてテーブルを離れると、入れ替わりでヘルプの女の子がやってくる。友美が戻ってくるまで、彼女が山本を接客するのだ。

友美は控え室で着替え、化粧を丁寧に直した。肌も露わな、鮮やかな緋色のドレスを纏う。デコルテが大きく開いているので、胸の谷間もくっきり見えてしまうが、夏の夜にはこれぐらい華やかな衣装のほうがよい。友美は鏡に向かい、ドレスアップした自分にニコリと微笑んだ。

露出の高い服というのは着る人によって下品な印象になるが、友美はエレガントに着こなせるという自信があるのだ。剝き出しになった肩、腕、そして胸元に、ラメ入りのパウダーを叩く。友美の白く透き通る肌が、いっそう煌めいた。

「これで、よし。今日も閉店まで、『色香に満ちた素敵なチーママ』を演じきらなくちゃ」

友美は合わせ鏡で後ろ姿までちゃんと確認し、控え室を出た。

友美がテーブルを廻《まわ》って挨拶を済ませて戻ってくるまで、山本は一時間近くおとなしく待っていた。友美が席につくと、ヘルプの女の子は一礼をしてテーブルを離れた。

「ねえ、今度一緒に温泉行こうよ。箱根の『強羅天翠』、予約するからさ。展望風呂つきの和室。友美ちゃん、行きたがってたじゃん。ね、仲良しこよしで、のんびりしよう」

酔っぱらった山本が、友美の手を握って駄々をこねる。その仕草が我儘《わがまま》な子供のようで可愛く、彼女は苦笑した。山本は悪い男ではないが、くどいてくる客全員と淫らな関係になるようではホステスとして出世はできない。

「そうねえ。じゃあ、良江ママとマコトちゃんも誘って、ペアで行きましょうよ！　そのほうが面白いわ。温泉入ってゴルフして、美味しいもの食べて！　みんなで日頃の疲れを取る、慰労会しましょ！」

友美に「ペアで行こう」と言われ、山本が苦笑する。こうやって誘いを巧みにかわし続けられて、もう七年にもなるのだ。最近では「誘って、かわされる」というのが二人の間でお約束のようになってしまっている。

無理にしつこく言い寄って友美に嫌われてしまうぐらいなら、今のまま「ちょっと艶っぽい友達関係」を楽しんでいるほうがよい。友美の客はそんなふうに思っている男が多く、山本もまたそうだった。

「相変わらず、友美ちゃんはしっかりしてるなあ……。でも俺、君のそういうとこが好きなんだよな」

山本は水割りを啜り、友美の手を握り締める。そしてボーイを呼び、新しいボトルを入れた。最高級のマッカラン。友美が瞳を潤ませ、山本の手を握り返す。山本は何も言わず、彼女の肩を抱き寄せた。ホステスを追い掛けるのではなく、「ホステスに惚《ほ》れられる男」を目指すというのもよいものだと彼は考える。

営業が終わって、友美は大ママの良江、オーナーの岩田と一緒に簡単なミーティングをして、店を出た。大ママといっても良江はいわゆる「雇われママ」なので、友美にも高慢な態度は取らず、二人の仲は良かった。

友美、良江、岩田にマコトを交え、四人で中華料理店『香妃園』に行き、鶏煮込みソバを食べる。仕事が終わった後の、この店の鶏煮込みソバは最高なのだ。四人は話に花を咲かせながら、皆、スープの最後の一滴まで啜った。

マコトは良江ママの上客で総会屋の男だ。強面《こわもて》だが良江や友美を始め店の女の子たちには優しく、ダンディな紳士で通っている。『薔薇月夜』の影の用心棒のような存在で、行儀の悪い客にはマコトの名前を出して怯えさせ、態度を改めさせることもあった。そんな恐るべきマコトだが、良江にぞっこんなのだ。

「あーあ、今日もなんか疲れたねえ。最近疲れが体に残るようになってきちゃった。三十代の頃は熟睡すれば次の日は元気だったたんだけれどなあ。四十も半ばになると、やっぱり衰えてくるわねえ人間って」

岩盤浴で汗をかきながら、良江が溜息まじりに言う。友美も隣に寝そべっている。マコトたちと別れた後、六本木ヒルズ近くのスパで二人は仕事の疲れを癒していた。大きな窓からヒルズや東京タワーが見えるVIPルーム。このスパは朝七時まで営業しているので、友美たちはよくここを利用するのだった。岩盤浴の後、エステの施術も受けられる。

「あら、ママ。そんなこと仰《おつしや》いながら、相変わらずお肌ツルツルじゃないですか。歳のこと言っちゃダメですよ、老け込みます！……でも私も最近、疲れが残るようになってきたんですけれどね。あー、やだやだ！」

二人は寝そべりながら、顔を見合わせ、笑う。友美も良江もメイクを落としているが、二人ともさすが夜の蝶だけあり、素顔も美肌だ。額や目尻に皺もなく、法令線も目立たず、弛みもなかった。

「まあ、疲れたら点滴でもすりゃいいか。ヒルズにいいクリニックがあるんでしょ？　芸能人御用達ってとこ。点滴したとたん、肌にピッとハリが出て十歳若返るんだって！　行ってみようかな、今度」

「え？　ホント？　銀座のあのクリニックと、どちらがいいかしらね」

有益な美容情報に友美が身を乗り出す。ＶＩＰルームは二名貸し切りだから、いくら騒いでもよいのだ。でも二人は、互いの男性関係の話などはしない。良江も友美もハッキリ言わない。マコトとの関係について良江に訊《き》いてみたいような気もするが、別に知らなくても困らないので、友美は訊かない。でも、友美は薄々と気づいている。

マコトは良江のパトロンだろう。そして彼にスポンサーになってもらって、良江は雇われママをやめて自分の店を持ちたがっているのだろう。でもマコトは色々とワケありだから、後々のことを考えると良江は躊躇《ためら》ってしまい、悩んでいるのだろう……。

友美は汗をタオルで拭《ぬぐ》い、ミネラルウォーターを飲みながら、窓に広がる夜景に目を移す。東京は本当に眠らない街だ。ちっぽけな人間のちっぽけな悩みなど知ったこっちゃないというように、イルミネーションが煌めいている。そしてそんな挑発的な夜景を見ていると、何かに悩むこと自体がバカバカしいように思えてくる。

友美は大きく伸びをし、岩盤マットの上で寝返りを打った。

スパを出てタクシーを拾い、友美は麻布十番のマンションに戻った。歩いても帰れる距離だが、オミズの世界に長くいると、ついタクシーを使ってしまうようになる。サウナとエステで疲れは取れてサッパリしたが、今度は眠気が襲ってくる。タクシーの中でウトウトしながら、友美は寝過ごさないよう注意した。

「おはようございます、いってらっしゃい」

「あ……おかえりなさい」

マンションのロビーで顔見知りの女性と擦れ違い、友美は挨拶した。まだ若い彼女は、おそらくワンルームか1Kの部屋に住んでいるのだろう。一年前ぐらいから、たまに見掛けるようになった。友美が仕事から帰ってくる頃、彼女が仕事に行くからだ。

(若いっていっても、二十代後半よね、たぶん。可愛い顔してるけど、疲れが出てクマが酷《ひど》い時があるし。普通のOLっぽいけれど、お給料はわりといいみたいね。シャネルやヴィトンのバッグ持ってるし、服もいいの着てるし、このマンションに住めるんだから。まあ、ブランド品なんて長期ローンで買うこともできるから、それだけでは判断できないけれど。ウチの店の女の子にもいるけれど、ブランド品で着飾って、内情は借金だらけなんてこともあるから!……まあ、どうでもいいや、他人のことは)

友美はエレベーターで八階に上がるまで、擦れ違った女性のことをそんなふうにぼんやりと考えていた。そしてエレベーターを出て、自分の部屋の鍵を開ける頃には、彼女のことはすっかり忘れていた。

服をさっさと脱いで、クローゼットに仕舞うのも面倒なのでソファに放り出し、ベッドに直行する。家に戻ったとたん、再び眠気が襲ってきた。携帯電話だけ摑み、暑いので下着も脱いで全裸になり、友美はベッドに潜り込んだ。

半分眠りながら携帯電話をチェックすると、純平からメールが届いていた。友美は飛び起き、はやる気持ちでメールを開いた。

「元気？　ロケが長引いちゃって、なかなか連絡できなくてゴメン！　深夜にロケバス走らせて、今、家に帰ってきたとこ。近いうちにまた遊びに行ってもいい？　撮影のおもしろい話、聞かせるよ」

友美は少女のようにウキウキとした気分で、純平に返事を打ち始める。眠気など吹き飛んでしまった。

メールを打ち終わる頃、隣の男がトイレを流す音が微かに聞こえた。

（このマンション、住みやすくていいんだけれど、たまに音が響くのが欠点なのよね。まあ、今の世の中、どこに住んだって、何の問題もないなんてありえないのだろうけれど）

隣の男の一日が始まる時刻が、友美の一日が終わる時刻だ。

純平にメールを送信すると、眠気がまた襲ってきた。彼女は伸びをし、大きなアクビをする。純平から連絡があってホッとし、気が抜けてゆく。

隣の男が出掛ける用意をしている気配を感じながら、友美はベッドの中でウトウトし始めた。

七月十九日　年下の愛人

「ああん……気持ちいい……もっと強く揉んで……そう……あああっっ」

友美はベッドの上で、悦楽の溜息を漏らした。

「相変わらず凝ってるねえ。肩も背中も。仕事で気を遣いすぎなんだよ、きっと。体、大事にしなよ、友美ちゃん」

純平は優しく囁き、慣れた手つきで友美の背中を揉みほぐしてゆく。友美はベッドでうつ伏せになり、彼にマッサージされていた。

「うふふ……。『体、大事にしなよ』なんて言われると、なんだか歳を感じちゃうわ。まあ、実際歳だけれど。ああっ……そ、そこ！　気持ちいい！　効く――！　はああっ！」

腰のツボをグッと押され、友美は眉間に皺を寄せて喘ぐ。可愛い純平にマッサージされ、彼女は健康の面だけでなく、性的にも満たされてゆく。マッサージの「ちょっと痛いけれど気持ち良い」という感覚は、セックスのそれに通じるものがある。おまけに三年の付き合いである純平は、友美の肉体のツボもよく心得ている。彼に腰をマッサージされながら、友美の花びらにはすでに蜜が滴っていた。

午前二時。純平に会うために、友美は店から早く戻ってきていた。

「おっ、そんなに気持ち良くなってくれて嬉しいなあ。友美ちゃんの熟れた体は、揉みがいがあるんだ。……ねえ、そろそろガウン脱ごうよ。あれ、塗りながらマッサージしよう」

純平は甘い声で囁きながら、友美の尻を撫で回した。友美はクスリと笑い、うつ伏せのまま腰を艶めかしく蠢かせる。

「そうね……そろそろ、しましょうか。じゃあ、脱がせてよ、純平」

友美の挑発に、純平は笑みを浮かべて彼女のガウンを優しく剝ぎ取る。艶やかな背中が現れ、彼は思わず頰ずりした。

「あん……くすぐったいわ。無精髭《ぶしょうひげ》がチクチクして……うふ」

一糸まとわぬ姿で、友美が身をくねらせる。白い蛇の如き彼女は全身で「ほしがっている」ようで、その淫らさに打たれ、純平は生唾を呑み込んだ。

純平は両の手にハチミツをたっぷりつけ、友美の体に伸ばし始めた。ハチミツのヌルヌルした感触が、背中に腰に心地良く、彼女は微かに喘ぐ。

「ああん……気持ちいい……。やっぱり純平にしてもらうハチミツマッサージは最高ね。どんな高級なエステの施術より、癒されるわ。体も、心も……。あああっ」

友美の熟れた肌にハチミツが広がり、ますます艶やかに輝いてゆく。

「ハチミツは美容にいいもんね。食べても、マッサージに使っても。友美ちゃん、ハチミツがまぶされて、ますます美味しそうだ……」

そう言いながら、純平は友美の尻を摑み、ハチミツがついた手で撫で回す。餅《もち》をこねるような手つきで双臀を揉まれ、友美は悶えた。

「いや……感じちゃう……はああっ」

年下の彼の愛撫で、友美は全身が熱く火照ってゆく。体の奥から、ジーンとした快楽が込み上げてくる。

「友美ちゃんの肌は、本当に手に吸いつくようだね。ああ……お尻、堪らなく色っぽいな。ハチミツをたっぷりまぶした、大きな白桃みたいだ。美味しそう……」

そう囁き、純平は友美の尻をそっと舐め、そして嚙んだ。

「ああっ！　ダメ……」

軽い痛みに、友美が身を捩る。白桃のような尻の奥、蜜が溢れ出た。友美の性感帯をよく知っている彼は、浅黒い手で彼女の尻を揉みながら、舐めたり嚙んだり吸いついたりして弄んだ。

二人が男女関係になって、三年が経つ。俳優の卵だった純平が、テレビ局のスタッフに連れられて『薔薇月夜』に飲みにきたことがきっかけだった。浅黒く、ちょっと崩れた雰囲気の彼を、友美はすぐに気に入った。明るく装っているけれど、深い翳《かげ》りを秘めているようなところや、少し拗《す》ねているような雰囲気も、妙に彼女の心を惹《ひ》いた。

友美が若かった頃、「この人のためになら死んでもかまわない」とまで惚れ込んだ男に、純平は少し似ていたのだ。

出逢った頃は純平は二十六歳で、テレビや映画に端役で少しずつ出始めた頃だった。小さな劇団の役者だった彼は、当時、決してメジャーな俳優ではなく、バイトが本業のような貧乏生活をしていた。

「俺、『絶対に東京で成功してみせる!』って啖呵《たんか》切って北海道を飛び出してきたんだ。だから、今は売れない役者でも、いつかきっと一人前の俳優になってみせる。必ず」

純平はよくそんなことを言っていた。北海道から出てきた野良犬のような彼に、友美は福岡から上京した自分を重ね合わせ、見守ってあげたいと思ったのだ。母性本能がくすぐられたのだろう。

友美は職業柄、芸能界の裏側を聞かされることも多く、厳しい世界というのもよく知っていた。浮き沈みが激しく、ライバルも無限にいる。「売れっ子俳優」を目指したところで、いったいどれぐらいの確率で実現できるのだろう。売れっ子になるには、演技力やルックスの良し悪しだけでは、もちろんない。事務所の力や、雰囲気が時代に合うか合わないか、その人自身が放つオーラ、そして運といったものも複雑に絡んでくる。

三年前、友美は純平に対し「男として魅力がある」とは思ったが、正直、俳優として成功するかどうかは分からなかった。ただ……彼の瞳の奥の「ギラギラとした闘志」に、賭《か》けてみる気になったのだ。友美は純平を信じた。

パトロンの伊佐夫では不可能な激しいセックスを、純平は与えてくれた。女盛りの友美の肉体を、彼は充分すぎるほど満足させた。

純平は友美の「ツバメ」になった。友美は彼の逞《たくま》しいセックスと引き替えに、お小遣いや美味しい食事を与えて可愛がった。

一緒にいる時は本当の恋人同士のようだったが、二人の間柄が「割り切ったもの」であるのは暗黙の了解だった。友美が一番恐れたのは、伊佐夫に純平の存在がバレることだった。だから、ヒモのように自分にベッタリとくっつき、マンションに入り浸られても困った。だが、時おり小遣いを渡すことによって、そのような不都合は防ぐことができた。友美のほうが立場が強くなり、我儘が通るからだ。「今日はパトロンがくるから、絶対にマンションにこないでね」と、友美は純平にハッキリと言った。純平がもし俳優として成功できず友美の傍《そば》にいることを望んだとしても、伊佐夫がいるかぎり、二人は「普通の恋人同士」になることなど不可能だった。

そして、もし純平が俳優として成功したら、友美は徐々に身を引き、フェードアウトするつもりだった。一回り年上の自分の存在が明るみになったら、純平にとって大きなイメージダウンだろう。彼のかねてからの夢を台無しにするほど、友美は性悪でもなかったし、小娘でもなかった。

「ああん、本当に気持ちいいなあ。……でも、なんか申し訳ないわよね。今をときめく、売れっ子俳優・佐伯純平にマッサージしてもらうなんて」

友美はうつ伏せのまま、目を細める。純平の大きな手で揉みほぐされ、ハチミツの甘い香りが漂ってきて、体の芯まで蕩けてしまいそうだ。ハチミツがつかぬようシーツに大きなバスタオルを引き、その上に友美は寝そべっていた。このハチミツマッサージをする時は、服につかないように純平も裸だった。

「いやいや、遠慮は無用だよ。俺も友美ちゃんの体をマッサージするの好きだからさ。触り心地、バツグンだもん！」

純平は朗らかに言って、ハチミツを足にまで伸ばしてゆく。肉づきのよい太腿、そしてスラリとした脹《ふく》ら脛《はぎ》。友美の白い肉体は、純平の手でハチミツ色に煌めく。

「触り心地か……。でも、私の体、三年前と変わったでしょ。やっぱり歳取ったわよね。……正直に言ってよ。私の体、変わった？」

友美は溜息まじりで、純平に訊《たず》ねる。彼女の太腿をさすりながら、純平は答えた。

「うん、変わったね。前より脂が乗って、いちだんと艶やかになった。赤身肉から霜降り肉になったって感じだ。このハチミツマッサージが効いてるのかな」

純平の相変わらずの口の巧さに、友美は思わず笑ってしまう。売れる前も売れてからも、彼は友美を傷つけるようなことは決して言わなかった。そして純平はその世渡りの上手さで、今や大手事務所に所属する人気俳優になってしまった。友美は、さすが自分が見込んだ男だと嬉しい反面、まさかここまで人気が出るとはと内心驚いてもいた。

「うふふ……霜降り肉か、上手ね。悪っぽいけれど、どこか優しくて憎めない。あなたのそんなところが、多くの女性ファンの心を摑んだのね。お世辞って分かっていても嬉しいわ。ありがとう。せいぜい腐肉にならないよう気をつけるわね」

友美の成熟した女体は、揉みほぐされて、より柔らかく芳しくなっている。純平はマッサージする手を止め、おどけた口調で言った。

「お世辞なんかじゃないよ！　ほら、見て。友美ちゃんの体があんまり色っぽいから、触ってるだけで、俺のチンチンもうこんなになっちゃった」

そして彼は、友美の顔に、猛った下半身を突き出した。そそり勃《た》つ褐色のペニスに、友美は薄笑みを浮かべ、目を妖しく光らせる。一回りも年下の男、それも人気俳優を激しく勃起させるなんて、女冥利《みょうり》に尽きるというものだ。まだまだ自分も捨てたもんじゃないと思えてくる。

友美は体を起こし、純平の下半身にしがみついた。そしてペニスに鼻を押し当て、思いきり匂いを吸い込んだ。彼女は、男根の蒸れた匂いが好きなのだ。嗅《か》いでいるだけで、花びらに蜜が滴ってゆく。

「友美ちゃん、どうしたの。我慢できなくなっちゃった？　俺のチンチン、ほしくなったの？」

友美の髪を撫でながら、純平が囁く。友美はペニスに鼻を押し当てたまま、上目遣いで彼を見る。彼女の瞳はエクスタシーで蕩けていた。

「うん……ほしくなっちゃった。ねえ、今度は私が純平をマッサージしてあげる……」

純平は優しく頷《うなず》き、彼女にハチミツを差し出した。友美は上目遣いで微笑みながら、ハチミツを手に取り、彼のペニスへとたっぷりまぶす。しなやかな指で蕩けるハチミツを塗られ、純平の男根はますます猛り、いっそう光った。そしてそんなペニスを、友美は目を潤ませてウットリと見つめた。

「ああん……美味しそう。ハチミツつきの褐色のバナナみたい」

我慢しきれず、友美はペニスにむしゃぶりつく。口いっぱいに頬張り、猛る肉棒を思いきり舐め回した。

「ううっ……か……感じる……ううっ」

ベッドサイドに立ったまま、純平が呻《うめ》き声を上げる。友美の舌がもたらす快楽で、彼の筋肉質の浅黒い肉体が震えた。

「美味しい……純平のオチンチン……太くて、堅くて、大きくて……うぅん、美味しい……逞しいオチンチン……大好き……」

友美は譫言《うわごと》のように呟《つぶや》きながら、恍惚《こうこつ》としてペニスを舐める。ハチミツが滑って、竿《さお》を唇で擦りやすい。友美は舌を蠢かしながら、ぽってりとした唇でペニスを擦った。若い肉棒は、彼女の口の中でさらに膨れ上がる。

「ああっ！　だ……ダメだよ！　それ以上されると……イッ……イッちゃう……くううっ」

友美の熟練された舌技に、純平は歯を食いしばって悶える。彼は堪らずに友美の顔を手で掴み、イラマチオを始めた。込み上げる激しい快楽で、腰を動かさずにいられないのだ。友美の口を性器代わりに、純平はペニスを出し入れした。

「ううっ……す……すごい……友美ちゃんの口……オマンコみたい……ううっ」

唇が女陰で、口中が肉壺《にくつぼ》で、舌が肉襞のようだ。生暖かな口の感触が堪らず、純平は猛るペニスをグッと奥まで入れたが、友美は噎《む》せることもなく巧みに喉で締めつけた。美しい顔を歪ませ、喜々として男根をしゃぶる友美は卑猥なほどに扇情的で、その濃厚な色気に打たれて彼も限界だった。

「ああ……ダメだ、イク……イッていい？　出すよ……あっ、出る……」

友美の顎《あご》が痛くなるほどに、ペニスが怒張する。友美は純平の下半身にむしゃぶりつきながら、甘い声でねだった。

「いいわよ……イッて。純平のミルク、飲ませて……早く……飲ませて、私に……たっぷり……ちょうだい」

ザーメンをほしがる友美は、淫らだけれど、とても美しく艶やかに見えた。純平は彼女の顔を掴み、口の中でペニスを爆発させた。

「ううっ……くううっ……」

強すぎる快楽に、彼は身を震わせ、そしてペニスを痙攣させる。精液は勢い良く迸った。

「ああん……ふううっ……」

友美は身をくねらせて恍惚としながら、ザーメンを口で受ける。M性の強い彼女は、口奉仕そして精飲という行為に、激しく興奮するのだ。限界まで怒張したペニスが爆発し、痙攣しながら精を放ち、徐々に萎《しぼ》んでゆく。それを口の中で感じながら、彼女は官能に悶え、乳首を突起させ、花びらをぐっしょりと濡らした。

「美味しい……ううん……純平のミルク……とっても美味しい……ステキ……」

友美は口に溜まった精液をゴクリと飲み干し、淫靡な笑みを浮かべる。そして萎んだペニスの先端に滲む精液を、愛しそうに舐め続けた。彼女のエロスに刺激され、純平のペニスはすぐにまた堅くなってゆく。

「友美ちゃん……相変わらず、フェラチオ上手だな……ううう……堪らない……くうっ」

友美は純平の下半身にしがみつき、恍惚として褐色の肉塊をしゃぶる。息吹を持ったナマの肉棒というものは、伊佐夫との倒錯した性の戯れでは、決して得ることができないからだ。

友美はその欲求不満を爆発させるかのように、純平の肉棒に酔いしれる。彼女の口に咥え込まれ、純平はもう一度射精した。友美は貪欲《どんよく》にミルクを飲み干した。

二人はベッドからバスルームへと移動し、互いの体の隅々までハチミツを塗り合い、マッサージし合った。照明を落とし、キャンドルだけ灯して、戯れる。

二人は抱き締め合い、ハチミツのついた体を擦りつけ合った。純平の逞しい腕で抱擁され、ヌルヌルとした感触が堪らず、友美は悩ましい声で喘いだ。

「ねえ……そろそろ挿れて……意地悪しないで……何よ、自分ばかりイッて。私、ずっと我慢してたんだから……」

豊かな体を押しつけ、友美がふてくされる。純平は彼女の白桃のような尻を揉みながら微笑んだ。

「友美ちゃん、焦っちゃダメだよ。夜は長いんだから、これからゆっくりイカせてあげるからね」

「あん」

純平が友美の唇を塞《ふさ》ぎ、吸い上げる。めくるめく官能で、友美の花びらは開ききって、蜜を垂れ流していた。

二人はミルク風呂に入り、肌に擦り込んだハチミツを洗い流した。ハチミツでパックした後にミルク風呂に入ると、肌がスベスベになるのだ。職業柄、友美も純平も美容に気を遣っているので、この「ハチミツの戯れ」は官能と美容の両方を充実させることができて一石二鳥だった。

「まだオッパイに痣が残ってるの。やだわ」

湯船の中、自分の乳房を触りながら友美がぼやく。

「ああ……あの爺《じい》さんか。ホント独占欲が強いんだな。悪い虫がつかないように、好きな女の体を噛んで痣をつけるなんて。でも、爺さんがやってることって、ただの自己満でムダなことだよな。だって俺みたいな男は、女にキスマークがあったって痣があったって果敢に挑んじゃうからさ！」

純平はおどけたように言うと、友美を抱き寄せて乳房を揉んだ。白く豊かな乳房は、純平の手のひらにも収まりきらない。ハチミツとミルクが蕩け合って香り立つ中、友美は甘い快楽に目を細めた。

「そうよね……ただの自己満……ほかの男に抱かれているとも知らないで……ああん」

大きなマシュマロのような感触が手に気持ち良く、純平も恍惚として友美の乳房を揉みしだいた。ペニスが再び熱を帯びてゆく。

「まあ、爺さんの気持ちも分かるけれどね。友美ちゃんみたいな人が愛人だったら、気が気ではないと思うよ。それだけ君が魅力的ってことさ！　友美ちゃんの体に痣をつけるのは、そこをほかの男に見てほしくないからだよ。逆に言えば、そこがそれだけ魅力的ってことさ。

そこを見たら男たちが欲情するって分かってて、見せられないようにしてるんだから。だから乳房に噛みつくんだよ、あの爺さん。友美ちゃん、オッパイが素敵だから。尻もよく噛むだろ？　尻にも痣がついてること多いもん。今もついてる。さっき見た」

「ええ！　お尻にもついてた？　もう、体中噛みやがって、あいつ……」

純平は、友美の膨れっ面の頬を、優しく突いた。

「それだけ愛されてるってことさ。俺だって噛みつきたいもん。友美ちゃんの、熟れきった果実のようなオッパイに……」

彼はそう言いながら友美の乳房を激しく揉む。ミルク風呂の中、彼女の乳房はますます乳白色に輝く。

「ああん……ダメ……感じちゃう……」

性感帯をまさぐられ、友美は悩ましく身をくねらせる。喘ぎながら友美は、手をそっと純平の股間に伸ばした。二回射精したというのに、彼のペニスはまたも熱く猛っている。すぐに勃起する肉棒が愛しく、友美は淫靡な笑みを浮かべてそれを扱《しご》いた。

「もう……友美ちゃん、上品な顔してるくせにホント、スケベだなあ……うううっ」

友美のしなやかな指で扱かれ、純平の男根は湯船の中で膨れ上がる。

ミルク色の湯の中、二人は体をまさぐり合い、熱いキスをし、戯れる。純平の逞しい腕で抱擁され、大きな手で女体を撫で回され、友美は芯まで蕩けてゆく。ハチミツの滑る感触が、また堪らないのだ。

「ねえ……純平のこれ、挿れたくなってきちゃった」

彼女はこらえきれず、純平の下半身に跨《また》がった。そして、猛る肉棒へと、ゆっくり腰を沈めてゆく。

「ああっ……あああん、大きい……ふううっ……ああっ、やっぱりステキ……ナマのオチンチンは……感じるう……ああ——ん」

堅く屹立《きつりつ》したペニスが、湯を押しのけて友美の秘肉へと埋め込まれてゆく。久しぶりに味わうナマの肉棒はそれは秘肉に心地良く、友美は我を忘れて淫らに腰を振った。

男根には、オモチャなどでは決して得ることのできない、生々しい感触や熱や息吹がある。そして友美は、「ナマの生き物」であるペニスが、やはり好きだった。

「ああん……入っちゃった……奥まで入っちゃった……大きなオチンチン……はああっ」

感じすぎて蕩けている彼女の秘肉は、純平のペニスを奥深く咥え込む。そして「ほしくてほしくて、仕方がなかったのよ」というように、肉襞を絡みつかせ、男根をキュウッと締めつけた。

「くううっ……すごい……友美ちゃんのここ……やっぱりすごい……うううっ」

友美の成熟した女陰に、純平は呻き声を上げた。彼女の果肉はそれは熟れきっていて、果汁を溢れさせてペニスを奥まで呑み込み、肉襞を絡ませ締めつけ扱き上げる。おまけに亀頭の先に、膣のザラザラしたところが当たる。湯船の中、座位で友美と結合しながら、純平は快楽の涎を啜り上げた。熟れすぎた果肉の中、ペニスはさらに怒張する。

「あああん……あああん、純平……もっと……もっと奥まで突いて……はあああん……あああっ、気持ちいい……」

激しい官能で乳首を突起させ、友美が夢中で腰を揺する。いきり勃つペニスの先が膣の奥まで当たって、堪らないのだ。そして快楽で火照る秘肉は、男根をさらにキュウッと咥え込む。

美しく上品な顔を歪めて快楽を貪る友美はやけに淫らで、純平も狂おしく高ぶった。

「うん?……そんなにほしいか?　ほら、突いてやるぞ、ほら、ほら!……くううっ……よく締まる」

純平はオスの気分になり、勢い良く腰を動かし、友美の秘肉を突き上げる。左手で乳房を鷲摑みにして揉みしだき、右手でクリトリスを弄り回した。

「あああっ……あああっ、あっ、あっ!　す……すごい!　ステキ……ああ――っ!」

三箇所の性感帯を同時に責められ、友美の全身に痺れるような快楽が駆けめぐり、頭が真っ白になる。ペニスの先で子宮口にあるボルチオ性感帯を思いきり突かれ、指二本でクリトリスの皮を剝かれてナマの肉芽を嬲られ、強すぎる官能で友美は失禁してしまいそうだ。

「あああっ……イク……イッちゃう……ああ――ん」

ぐぐぐっ……と、うねるような快楽が体の奥から込み上げ、友美はミルク色の湯船の中で達してしまった。

めくるめくオルガスムスに女陰が泡を吹いたように激しく伸縮し、クリトリスがピクピクと痙攣する。達した果肉は果汁を溢れさせ、ペニスをいっそうキュウッと締めつけた。

「くううっ……すごい……ぐううっ……」

咥え込んで離さない友美の果肉に、純平が歯を食いしばって呻く。達した彼女の果肉の中、襞はますます蠢き、純平の男根に絡みついて扱き上げた。彼も、もう限界だった。

「……友美ちゃん、最高……うううっ」

純平は腰を勢い良く動かし、伸縮を繰り返す友美の秘肉へと、精を放った。勢い良く飛び散るザーメンが秘肉に心地良く、友美は淫らな笑みを浮かべて悦びを嚙み締める。

自分の秘肉の中で最大限に膨れ上がり、達してビクンビクンと痙攣しながら射精するペニスが、友美は大好きだった。そんなペニスが愛しかった。

純平の射精で友美は再びオルガスムスを得て、二人は湯船の中で暫し抱き締め合った。友美は体も心も満ち足りた気分で、目を細める。ハチミツマッサージとミルク風呂で滑らかになった肌が、いっそう艶やかに煌めいている。熟れた女体の充実には、やはり素敵なセックスが必要なのだ。

「うふふ……純平、可愛い……」

友美は純平に熱いキスをした。十二歳年下の男のエキスをもらい、全身の細胞がリフレッシュされる感じだ。

「ねえ、今夜は泊まっていくでしょ？」

ベッドの中、純平に腕枕をされながら、友美が甘えた声で訊ねる。

「うん、泊めてもらうよ。明日は昼には仕事に行くけど」

純平は優しい笑みを浮かべ、友美の髪を撫でている。純平は、いつもとまったく変わらない。肌の温もりも、匂いも、クセっ毛の髪も、乳首の横のホクロも、ペニスの感触も、穏やかな口調も。

でも、友美はなぜか不安だった。抱き合っているのに、こんなに近くにいるのに、純平が遠くにいるような気がして仕方がないのだ。

会っていても彼との距離を感じるようになったのは、ここ一年ぐらいだ。純平が今ほど人気者になる前は、会う機会も多かったし、離れていてもいつも身近に感じていた。でも、人気が出るに従って徐々に距離が出来始め、連絡が減り、会う回数が減り、そして不安や寂しさが増していった。

きっとそれは、純平の知らない部分が増えてしまったからだろう。初めから割り切った関係だったと言っても、売れない俳優だった頃は、彼はよくプライベートのことを色々と友美に話した。当時、純平は友美の前でも、こんなことをヌケヌケと言っていた。

「俺、金ないし、女と付き合うの面倒なんだよね。特に同年代の女なんて色々うるせーじゃん！『どこ連れてって』とか『なに食べさせて』とかさあ。ふざけんじゃねーよ！ああ、女って面倒くせえ！」

彼の愚痴を聞きながら、友美は笑ってしまったものだ。そしてストレートだけれど憎めない純平が、彼女は愛しかった。

当時は友美が御馳走《ごちそう》してばかりだったが、今では「女なんて面倒くせえ」と言っていた純平が奢《おご》ってくれることもある。売れっ子になって、金に困らなくなったからだ。洒落た店でイタリア料理などを御馳走してくれる彼に「ありがとう」と口では礼を言いつつ、友美は内心なぜか寂しかった。彼に奢られる回数が増えるごとに、得体の知れぬ寂しさも募ってゆくのだ。

　そして純平は売れっ子になると、プライベートのことをあまり友美に喋らなくなった。女のことも、いっさい話さない。話さないからこそ、話せない何かがあるのかなと勘ぐってしまう。

　友美は薄々気づいていた。純平との別れの時がいつやってきても、不思議ではないことを。だから彼女は、純平の腕の中でも、絶えず不安なのだ。

「ねえ……抱いて……」

　友美は純平にしがみつき、ねだった。純平は裸だったが、友美はシルクのネグリジェを着ている。彼はシルクの滑らかな手触りを感じながら、友美の体をまさぐった。

「友美ちゃん、今夜はいつにも増して情熱的だね。……色っぽい、とっても」

　純平はそう囁き、ベッドサイドに置いたシャンパンを、口移しで友美に飲ませる。愛しい純平の唾液が混ざった甘いシャンパンを、彼女はコクリと飲み込んだ。

　友美の体を撫で回しながら、純平は彼女のネグリジェをはだけさせる。そして、たわわな果実のような乳房の間に、顔を埋《うず》めた。

「ああん……純平……あああっ」

　友美は純平を抱き締め、悶える。乳房を揉まれ、乳首を舐められ、嚙まれ、友美の体に再び火が点く。ピンク色の乳首が、卑猥なほどに突起する。性感帯の乳房を弄ばれるだけで、彼女は疼いて蕩けてしまうのだ。

「ああ……友美ちゃんのオッパイ、たまんないよ……揉んでるだけで……勃っちゃうよ」

純平は両の手で乳房を摑み、谷間に顔を擦りつける。ハチミツとミルクの香りがまだ残る乳房の匂いを吸い込みながら、彼のペニスはまたも熱を帯びて硬直する。

彼はシャンパンを再び口にし、今度は友美の乳房へと吐きかけた。冷たくて、友美は「きゃっ」と小さな叫び声を上げた。

純平は友美の胴に跨ると、乳房を摑んで寄せ、その間に猛るペニスを挟んだ。そしてシャンパンをローション代わりに、ペニスを乳房に擦りつけるようにして〝パイズリ〟を始めた。柔らかな乳房の感触が、痺れるほどに心地良い。白い大きな二つの果実の間で、純平の肉棒はますます屹立した。

「ううう……気持ちいいなあ……パイズリは……くううっ」

乳房にペニスを押しつけながら、純平は快楽の呻きを上げる。たわわに実った友美の乳房は、エロスの象徴のようで、男たちの劣情を刺激するのだ。純平のペニスの先からこぼれる透明な液体が、友美の胸を汚した。

「挿れて……ああん……純平……挿れて。オチンチン、ぶち込んで……」

快楽の渦の中、友美が譫言のように呟く。乳房を弄ばれて、彼女の花びらから蜜が湧き出ている。女盛りの体は、果てしなく感じてしまうのだ。

「なに、友美ちゃん、俺にぶち込んでほしいの？『ぶち込んで』なんて、本当にスケベだね。こんなにお上品な顔をしてるのに、体には淫らさが染み込んじゃってるよ。本当にいやらしい女だ……こうしてやる！」

純平は友美の足を抱え、正常位でインサートした。堅く逞しい褐色の肉棒が、友美のザクロのような女陰に埋め込まれてゆく。

「あああん……はあああっ……あああっ」

ナマの肉棒を再び挿入され、友美が歓喜で身をくねらせて悶える。逞しいペニスのこの感触が、彼女は好きで好きで堪らない。一晩中でも咥え込んでいたいぐらいだ。

トロトロに蕩けた友美の果肉が、純平の男根を再びキュウッと締めつける。何度か達した後の果肉は良い具合にほぐれ、まったりとした感触になっていて、いっそうの快楽をペニスに与えた。

「ううう……友美ちゃんのオマンコ、いい……くううっ……こんないやらしいオマンコを持ってるから、色気がムンムンしてんだな……ふううっ」

純平は友美の足を抱え、正常位で勢い良く突いた。友美は乳房を揺らし、我を忘れて悶える。ペニスの先が、膣の奥、子宮口にあるボルチオ性感帯を直撃し、あまりに気持ち良くて涎が出てしまいそうだ。

「ああん……ステキ……そう、もっと突いて……奥まで……もっと！　あああああっ……ああ——ん」

猛るペニスで秘肉をえぐられ、友美はシーツを摑んで身悶える。ただひたすら快楽に没頭し、雌になる。膣全体が蕩け、火照り、蠢き、引き締まる。奥深くまで突かれ、脳天がジーンと痺れてくる。

「うううっ……うううっ……締まりが良いオマンコ……さすがだ……くううっ」

純平は怒張したペニスで友美の秘肉を思いきり搔き回すと、一度抜き取った。そして彼女を四つん這いにさせると、今度はバックから挿入した。

「はああああっ……バック、感じちゃう……ふううっ」

友美は四つん這いで淫らに腰を振る。上品な彼女が動物的なポーズで快楽を貪る姿はそれは淫靡で、純平の肉棒はいっそう滾《なぎ》った。彼は友美の腰をしっかりと摑み、果肉にペニスを突き刺しながら言った。

「いやらしい格好してるなあ、友美ちゃん。店ではあんなにエレガントな美女を貫き通しているのに。お尻突き出して、腰振って、『ぶち込んで』なんて、雌犬みたいじゃないか。お仕置きだ……ほらほら……うううううっ」

純平は言葉責めしながら興奮し、彼女の秘肉を後ろから思いきり突いて、掻き回す。友美は、肉棒で突かれるたび雌牛のように乳房をプルプルと揺らし、それがまた扇情的だった。

「そう……いやらしいの、私……淫乱なの……あぁん、感じちゃう……あああん」

友美は四つん這いで腰を振り、純平の肉棒を咥え込んで締めつける。ペニスで奥の奥まで突かれ、Gスポットもこねくり回され、彼女はシーツを摑んで身悶える。

「ほら、どうだ雌犬！　ほら、ほら！……ううぅっ」

純平は友美の豊かな尻を摑み、時おりパーンと叩きながら秘肉を犯す。Mッ気の強い彼女がこのようなセックスが好きなことを、知っているからだ。大きな手でスパンキングされ、友美の白桃のような尻が林檎のように赤らんでゆく。

「もっとぶって……純平……もっと、もっと叩いて……あああっっ」

年下の情人に責められ、友美の果肉は感じすぎて爛《ただ》れる。彼女のM性が迸《ほとばし》り、乳首が長く突起した。

純平に尻を叩かれながらクリトリスを弄り回され、友美は身を震わせて達してしまった。強すぎるオルガスムスに、思わず少し失禁してしまう。太腿に伝う小水は、生々しく、妙にエロティックだ。

「ああん……ふううっ……」

頭の中が真っ白になるようなオルガスムスに、友美は言葉も発することができず、ただ身をくねらせる。

ねっとりと爛れた果肉の中、純平のペニスも膨れ上がって限界だった。彼は友美の尻をしっかりと掴み、腰を荒々しく打ちつけ、夢中で秘肉をえぐった。

バックで犯すと、結合部がよく見える。友美の女陰は、熟れすぎて腐りかけたザクロのようで、劣情を誘う。その友美のザクロの中に、褐色のバナナのような自分のペニスが出し挿れされているのだ。その光景は、純平を激しく高ぶらせた。

「いやらしいマンコだな……。奥まで咥え込んで……ううっ……くうううっ」

純平は友美の白桃を掴み、ザクロの中へと精を迸らせた。猛ったバナナが爆発し、ドロドロとした汁が溢れ出る。

「ううん……ああっ……ステキ……」

ザクロはバナナを咥え込んだまま、射精の痙攣に合わせ、伸縮を繰り返す。

友美は果汁をたっぷり掛けられ、ますます艶やかに輝く。ハチミツとミルクで滑らかになった女体は、純平の果汁のおかげでさらに潤う。

腐り掛けの果実の匂いが、二人の官能を高め、燃え上がらせる。なんて淫らな夜。なんてジューシーな夜。

七月二十一日　独りの土曜日

土曜の夜というのに、伊佐夫は友美の部屋にこなかった。出張で高松に行っていて、二週間は戻ってこないのだ。休日をのんびりと独りで過ごすのも悪くない。伊佐夫から解放され、友美は羽を伸ばすつもりだった。

前日、客が多くて仕事で疲れたためか、友美は夕方近くまで寝ていた。起きても酒が体に残っているようで、なんとなく怠《だる》い。掃除を丁寧にしようと思っていたのだが、明日に延ばすことにして、今日はゴロゴロしていようと決めた。

客に貸してもらった『007』のDVDを見たり、カラオケで歌うためにCDを聞いて流行の曲を覚えたりしているうちに、お腹が空いてくる。時計を見ると十時過ぎ。仕事がない日は、本当にあっという間に時が経つ。

(こんな時間かあ。どこかに食べに行こうかな。それとも買ってきて家で食べようかな)

友美は少し悩んだ。彼女は行きつけのレストランやバーも多い。でも、そこに行けば、けっきょく顔見知りたちと話しながら食事をすることになってしまう。いつも仕事で話し続けているせいだろうか、せっかくの休日、友美はなるべく人と喋りたくなかった。

（そうかと言って、土曜の夜に、知らないお店に女独りで行くのも気がひけるのよね。よし、スーパーで何か買ってきて、自炊しよ）

友美はソファから立ち上がり、軽く伸びをする。さすがにガウン姿では外出できないので、ディオールのスウェットの上下に着替え、素顔にサングラスを掛ける。化粧をするのも面倒臭いし、たまには肌を休ませてあげたいからノーメイクのままだ。ディオールのミニバッグに財布を入れ、友美は部屋を出た。

マンションを出て少しゆくと、前方から若い女が歩いてくるのが見えた。いかにも重そうな、大きな黒いバッグを肩に掛け、歩くのが辛《つら》そうだ。しかもその女は十センチ以上はあるピンヒールを履いて、友美同様サングラスを掛けている。暗い道で転ぶのではないかと心配になりながら、友美は女を見ていた。

そして、女と擦れ違う時に、友美は気づいた。その女は、同じマンションの住人の、たまに見掛ける若い女だった。

友美は彼女に「こんばんは」と挨拶しようと思ったが、声を掛けられる雰囲気ではなかったので、やめた。彼女は終始うつむいて歩いていたからだ。サングラスを掛けていても、暗い表情をしていることは分かった。

　黙ったまま擦れ違った後、友美はそれとなく振り返り、彼女がマンションに入ってゆくのを確認した。やはり、あの若い女と同一人物だ。それを見届けると、友美はもう振り返らずにスーパーへ急いだ。

(でも……彼女、なんだか浮かない顔してたわね。何かあったのかしら。あんなに大きな荷物を持っていたということは、どこかに旅行でもしてたのかな。出張帰りとか？……うーん、でも旅行なら、あの荷物になるんだったら普通は肩から掛けるバッグじゃなくてキャリーバッグにするわよね。それに、あんなに高い靴を履いて倒れそうになりながら歩くんだったら、どうしてタクシーに乗らないのかしら？　タクシー代がもったいないとか？　まさかね。だって、一応あのマンションに住んでるんですもの……)

　スーパーへの道すがら、友美は擦れ違った彼女のことを考える。彼女がなんとなく異質な雰囲気を漂わせていたので色々想像してみるが、結局は「どうでもいいこと」だ。マンションの住人同士なんて、そんなものだ。互いの生活なんて知ったこっちゃない。互いの生活にまったく関与しない赤の他人の集合体なのだから、考えてみればマンションというのは不思議かつちょっと不気味なものなのかもしれない。

　友美は暇つぶしのように想像をめぐらしながら歩いていたが、スーパーに着く頃にはもう彼女のことを忘れていた。

大丸ピーコックでパンと野菜と果物などを買って、友美はマンションに戻った。エレベーターで八階に上がり、降りて廊下を歩いてゆくと、隣の部屋のドアが勢い良く開くのが見えた。男が出てくるのかと思って一瞬立ち止まると、見知らぬ女が飛び出してきた。なかなか美人だが険悪な形相をしていて、友美は見てはいけないものを見てしまったような気分になりビクッとした。

女は友美を一瞬睨んだが、ヒールをコツコツと鳴らして足早に去っていった。三十歳ぐらいだろうか。男とケンカして出てきたのが一目瞭然である。女がエレベーターに乗ったのを確認すると、友美は溜息をついた。

（なんだか機嫌の悪そうな女にばかり会うわねえ。土曜の夜だっていうのに、皆さん不幸なのかしら？……なんて、そう言う私も独りぼっちなんだけれどさ！）

友美は思わず苦笑する。土曜の夜、幸せなカップルばかり見せつけられては、それはそれで気が滅入ってくる。人の不幸は蜜の……ではないが、ワケありの人々を覗《のぞ》き見するのも、それはそれで時として楽しかったりするものだ。

（あの隣の男、なんとなく神経質そうで、包容力なんてなさそうだもんねえ。女に恨みを買うタイプと思ってたんだ、前から。あいつは、絶対に女を怒らせるタイプよ、うん。やっぱり私の男を見る目は当たるんだわ。ホント）

　友美は部屋に入り、壁を見ながらニヤリと笑う。男は今頃、さっきの女に電話でも掛けて謝っているだろうか。それとも電話もせずに放ったらかしだろうか。もちろん後者であろう。そういう男なのだ、ヤツは。顔を見ただけでも分かる。

　友美はふと携帯電話が気になり、メッセージをチェックした。買い物に行っている間、部屋におきっぱなしにしてしまったのだ。馴染《なじ》みの客たちから「もし暇なら今から飲みに行かない？」という誘いのメールが何通かきていたほか、伊佐夫からも届いていた。

『二週間もお前に会えなくて寂しいけれど、お前の美しい写真を見て心を慰めるよ。土産に讃岐《さぬき》うどんでも買って帰る。おやすみ、愛する友美』

　という短いメールだった。

（伊佐夫は、確かに男としての包容力はあるのよね。私を怒らせたり、悲しませたりしたことなんて、今までないもの。でも……その深すぎる愛情が、時おり私を息苦しくさせるのだけれど）

　贅沢《ぜいたく》な悩みに友美は溜息をつき、そして微笑した。

　簡単な夕食を作って友美が独りで食べていると、隣の男の部屋から音楽が聞こえてきた。

クラシック、それもマーラーとハッキリ分かるのだから、かなり大音量で掛けているのだろう。女に電話したり追い掛けたりして御機嫌を取っていないことは、これで証明された。案外「出て行ってくれてせいせいした」とでも思っているのかもしれない。男のクールな横顔を思い出し、友美は苦笑した。

七月二十五日　本音半分

同伴出勤だったので、店に行く前、友美は客の杉山と一緒に山王パークタワーの『聘珍《へいちん》樓《ろう》』で食事をした。千葉県議会議員である杉山は人目を気にしてか、いつも個室を用意する。二人は二十七階の窓に広がる夜景を見ながら、フカヒレの姿煮やタラバ蟹《がに》、ツバメの巣のスープや鮑《あわび》の煮込みに舌鼓《したつづみ》を打った。

「そろそろ君も自分の店を持ったら？　良江ママより君のほうが客は多いじゃない。良江ママ、そろそろ独立考えて、準備始めてるみたいだよ」

「ええ、そうなの？『薔薇月夜』でママになってまだ二年だし、独立するとしたら揉めそうだけれど……。でも、ママにはマコトちゃんがいるからな。いざとなったら彼が出てきて、幹部たちを黙らせちゃうのかしら」

「まあ、そうだろうね。彼には岩田さんたちも逆らえないみたいだもんな。ママの独立が来年になるとして、君はどうするのかと思ってさ。そのまま店に残って、チーママからママに格上げ就任するか、それとも良江ママより先に独立して店を持ってしまうか」

「えー、さすがに独立は今すぐにはできないわよ。そりゃ、いつかは一国一城の主になりたいけれど、焦らないほうがいいと思うの。しっかり地固めしてから独立したいのよ。案外、慎重派なのよね、私。……だから『薔薇月夜』で、もう少し勉強させてもらうつもり。お客様をもっと増やしておきたいし、人脈やコネも色々作っておきたいし。それに私は、雇われママでも別に不満はないもの」

紹興酒を飲む友美の口元にそっと目をやり、杉山が言った。

「君はあんまり欲がないよな。君と会ってもう十年ぐらい経つけれど、昔からほとんど変わらない。欲もないくせに、夜の厳しい世界をフワフワと浮遊して、いつの間にか六本木の名クラブのチーママになっていた。色々苦労したこともあっただろうけれど、それがまったく表に出てないもんな、君は。会った頃より、いまのほうが元気良さそうに見えるし」

鮑を口に放り込み、友美はウフフと笑う。

「欲ねえ……。まあ、私の欲なんて可愛いもんよね。そうね、もともと私は刹那《せつな》型の快楽主義者で、今が楽しければいいのよ。昔OLだった頃、大好きだった恋人が事故で死んでしまって、その時から『人生は一度きりだから、自分が好きなように思いきり楽しもう』って考えるようになったの。『生きてるうちが花、死んだらそれまで』って。過去も未来も他人の目も、そんなものは関係ない。大切なのは自分、そして今という時間。だから好き放題に生きるって決めたの。恋人を失って、あの頃の私、いつ死んでもいいって思っていたから、怖いものなしだったのよね。華麗なオミズの世界を覗いてみたくて飛び込んで、遊び気分で仕事してたらお金が貯まって、美味しいもの食べて、好きなものを買って、好きなことして、その時その時楽しいことを繰り返しているうちに、いつのまにか今になっちゃった！　こんな私だから、『いつか自分のお店を持ってママになりたいなあ』なんて思ってはいても、明確なビジョンなんて何にもないのよ！　だから、『薔薇月夜』でまだ暫く修業させていただくわ」

そう言って友美は艶やかに笑う。ホステスらしく本音半分、嘘半分を言いつつ、笑みを決して絶やさない。彼女は実は、いつ独立しても大丈夫なほどの資金と客、そして東郷伊佐夫という後ろ盾《だて》をも持っている。あとは立地条件の良い場所さえ見つかればすぐにでもオープンできるのだが、そのようなことは、決して杉山などには話さない。ヘタに喋って、『薔薇月夜』のスタッフやほかの客に筒抜けになることを避けるためだ。友美は慎重派だった。

「まあ、なんだかんだ言って、君みたいなタイプはいつの間にか、ちゃっかり店持っていそうだけれどね」

杉山がニヤリと笑う。友美も艶やかな笑みを浮かべたまま言い返した。

「その時は是非とも御招待状を送らせていただくわね。お仲間を誘って、皆様でいらっしゃってください。お待ちしてるわ」

七月二十七日　赤い薔薇の哀しみ

友美は昼過ぎに起きるとシャワーを浴び、身支度を整えて外出した。夕方に純平が部屋にくるので、もてなしの用意のためだ。銀座まで行き、帝国ホテルのテイクアウトショップ『ガルガンチュア』でシャリアピンパイを買う。シャリアピンステーキを丸ごとパイ生地で包んだこの一品は、友美も純平も好物なのだ。パイを食べる彼の笑顔を思い浮かべ、友美にも微笑みが浮かんでくる。彼女は日傘を差し、シャリアピンパイが入った箱を手に帝国ホテルを出た。

そして千疋屋《せんびきや》まで足を延ばし、マンゴーとキウイを買った。果実のみずみずしい香りが染みついたこの店が、友美は大のお気に入りだ。東京に出てきて、初めて千疋屋でフルーツサンドを食べた時の感動は今でも覚えている。スーパーやコンビニのフルーツサンドしか食べたことがなかった友美は、本物の味わいに衝撃を受けたものだ。

夏の陽射しが当たる店内、熟れた果実たちが、色とりどりに艶やかに香っている。

その光景はなぜか悩ましく、友美は軽く目眩がしてこめかみをそっと押さえた。

タクシーに乗って急いで家に戻り、手際良く料理をする。マンゴーとサーモンのマリネサラダを作り、クラッカーにチーズやキャビア、キウイをのせてカナッペを作る。ワインはよく冷えたロマネコンティがまだ残っている。あとは純平がきたら、パイをレンジで温めればいいだけだ。友美はサラダとカナッペを冷蔵庫に入れ、バスルームへと行き泡風呂を作り始めた。

純平がくるまで二時間ある。友美はゆっくり入浴して肌を磨き、丁寧に化粧をして、愛しい男を待つつもりだ。

湯が張る間、友美はオーナーの岩田に電話を掛け、「店に出るのは十二時過ぎになると思う」と一応伝えておいた。

純平は約束通り、七時少し前にやってきた。

「はい、これ。友美ちゃんにピッタリと思ったんだ」

彼は優しい笑顔で、友美に真紅の薔薇の花束を渡した。思いがけぬプレゼントに、友美は少々驚いた。

「わあ、綺麗！　ありがとう！　でも、どうしたの、今日は私の誕生日でもないのに……」

五十本はありそうな薔薇の花束を抱え、友美が微笑みながら首を傾《かし》げる。純平は貧乏だった頃から、友美の誕生日には必ず薔薇の花を贈った。初めて彼からもらった薔薇の一輪挿しは、店の客たちから贈られるどんな大きな花束よりも、友美は感激したものだ。

三年前は薔薇を一本しか贈れなかった純平。それゆえ五十本のこの大きな薔薇の花束は、彼の成功の証のようにも見えた。この豪華な花束が友美は嬉しかったけれど、微かに不安がよぎった。何故だろう。薔薇が赤すぎたからかもしれない。

「いいじゃん、たまには。俺にもプレゼントぐらいさせてよ。……その薔薇、『クレオパトラ』っていう名前なんだって。ピッタリだろ、友美ちゃんに。クレオパトラのように、ますます女として光り輝く友美ちゃんに敬意を表して、俺からの贈り物さ。ずっとイイ女でいて、クレオパトラみたいな女帝になってよね、友美ちゃん」

純平はそう言って、友美の肩をそっと抱く。その手がいつもより冷たいような気がして、友美はふと肩をすくめた。

「ありがとう……。『クレオパトラ』か。綺麗ね、本当に。圧倒されてしまうほど。そうね……いつまでも枯れない女でいるわ。あなたのためにも」

友美は真紅の薔薇を抱え、純平をじっと見つめる。彼は笑顔で頷いた。薔薇は燃えるように赤く、咲き誇っている。


二人は向かい合ってテーブルに座り、食事を始めた。テーブルの上にキャンドルと薔薇を飾り、ブラックモアズナイトの曲を静かに掛ける。

「美味い！　やっぱり美味いなあ、このパイは。思い出すよ、初めてこのステーキ入りパイを友美ちゃんに食べさせてもらった時のこと。あの頃はホントに金がなかったもんなあ。そんなロクでもない男の俺に、友美ちゃんはいつも御馳走してくれてさ。女神みたいって思ってたぜ、マジで」

無邪気にシャリアピンパイを頬張る純平に、友美は微笑む。

「いやね、御礼なんて言わないでよ。私だって、純平と知り合って、楽しいこといっぱい経験させてもらったもん。お互い、足りないところを補ってただけよ。……最近では、私のほうこそ純平に御馳走してもらったり、お土産や、こんな薔薇の花束をもらったり、贅沢させてもらってるわ。こちらこそ、どうもありがとう」

ワインに酔い、友美は目を潤ませて純平を見る。

「そっか、足りないところを補う、か。じゃあ、俺なんかでも少しは友美ちゃんの役には立ってたんだな。よかった。それ聞いて安心したよ」

純平は照れ臭そうに微笑み、威勢よく食事を平らげてゆく。友美が作ったマンゴーとスモークサーモンのマリネサラダも、美味しそうに食べた。

そんな彼を、友美はずっと微笑んで見つめていた。でも彼女はなぜか怖かった。この幸せな静かな時間が、怖くて怖くて仕方がなかった。胸が締めつけられるほどに。

友美は不安を隠しながら、純平と会話を続けた。互いの仕事のことや、どうでもいいような世間話や、昔の思い出話など。でも、いくら話しても、まったく頭に残らず、耳から流れ出ていってしまう。

ブラックモアズナイトのＣＤが途切れた時、友美はついに耐えきれず、訊いた。

「ねえ……。『話がある』って言ってたけれど、話って何？　まだ喋ってないでしょう？

……いいわよ、どんなことでも動じないで聞くから。なんでも言って」

静かだがハッキリとした彼女の口調に、ワインを飲む純平の手が一瞬止まる。彼はグラスを置き、背筋を伸ばして一呼吸すると、友美を見つめた。友美の目は潤んでいるが、口元には笑みを浮かべている。言葉に出さなくても、すべて承知しているかのようだ。純平は目をいったん瞑《つぶ》り、そして開いて、言った。

「今まで、本当にありがとう。……友美ちゃんと会えて、俺、本当に楽しかったよ。きっと一生忘れない。本当に、本当に、ありがとう」

純平はいつも通りの笑顔を作ろうとしていたが、口元が少し歪んでいた。友美は、純平の口元を見て、寂しさがいっそう募る。人気俳優のくせに演技しきれない彼が、可哀相で、気の毒で、そしてちょっと憎らしい。

予想通りの純平の言葉は友美の心を震わせたけれど、彼女はどことなくホッとした。別れの時がいつくるのかとずっと不安だったのに、ついに訪れたから逆に気分がラクになったのかもしれない。純平は口に出さなかったけれど、友美は週刊誌を読んで知っていた。彼が来年の大河ドラマに出演決定したことも、有名監督の映画の主役に決まったことも。

そのような状況なら、純平が別れを切り出さないほうがおかしい。友美は寂しさで軽い目眩を感じたけれど、年上の女の気丈さを保った。最後まで、艶やかな大人の女を演じてみせようと思った。友美も背筋を正し、言った。

「こちらこそ、どうもありがとうございました。私も楽しかったわ。あなたと一緒の時を過ごせて。……純平、いい役者になってね。陰ながら、ずっと応援しているわ」

そして彼をまっすぐ見つめた。友美は、純平を憎む気持ちはまったくなかった。それどころか、彼は善人だと思った。芸能界には、売れっ子になって態度がガラリと変わる人も多いだろう。面倒だからと自分では行かず、邪魔になった女のもとにマネージャーでも行かせ、上手《うま》く話をつけさせるような男だっているに違いない。

でも純平は友美に会いにきて、ちゃんと自分で話をした。友美は、彼は誠実だと思った。さすが、自分が惚れてしまった男だけあると思った。そんな彼を失うと思うと心がつねられるように痛むが、友美は年上女の分別で、純平にすがりつかないで済みそうだった。

大人の女の余裕を感じさせる友美を、純平は眩しそうに見た。そして不意に鞄の中から封筒を取り出し、それを彼女に渡した。

封筒の中には五百万円が入っていた。

「少なくて、本当にごめん。俺、仕事くるようになってまだそんなに経ってないから、それが今渡せる精一杯の金額なんだ。友美ちゃんにとっては、はした金だろうけれど、受け取ってほしい。俺に優しくしてくれた、今までの御礼として」

純平の話を聞きながら、友美は微笑み、大きな溜息をついた。彼女は心の中で思った。純平ってホントに憎めない男だと。いいヤツすぎて、この先、芸能界でちゃんとやっていけるのだろうかと。

友美は封筒を純平に押し返し、言った。

「お気遣い、ありがとう。気持ちだけいただいておくわ。お金はいりません。絶対に、いりませんん。さっき言ったでしょ？　私だって、あなたからステキなものをたくさんもらったのよ。それは、お金では買えないようなもの。そうだなあ……心が和む時間とか、若い頃に戻ったようなときめきとか、魅力的なセックスとか。私だってじゅうぶん楽しんだのだから、お互い様、五分五分よ。だから、純平は私に御礼なんて渡さなくていいの。ね、しまって。自分で働いたお金なんだから、もっと大切にして。私、絶対に受け取らないから、置いていってもムダよ。あなたの事務所に送り返すから！」

友美の有無を言わせぬ口調に、純平はうなだれる。彼女は吹っ切れたように陽気に言った。

「お金はいらないけれど、薔薇の花束は有難くいただいておくわ。私は薔薇の花束だけでいいの。ね、しまって。お願い」

友美の意志は固いようなので、純平は言われるまま封筒をしまった。金で済ませようとした自分が、急に恥ずかしく思えてくる。落ち込んで何も言えなくなった彼に、友美はワインをついだ。

「赤いワインは、この真紅の薔薇によく似合うわ。乾杯しなおしましょ。二人の別れに、乾杯。そして、二人のそれぞれの未来に乾杯」

純平はバツが悪そうに苦笑いし、ワイングラスを掲げる。友美はワインを一気に飲み干し、溜息混じりで目を潤ませた。

純平が帰ると、友美はソファに腰掛けて暫くぼんやりとしていた。時計を見ると、十時過ぎだ。友美は少し考えてから店に電話をし、具合がどうしても悪いので欠勤する、と伝えた。電話を切って、友美は（もしかして自分はけっこうショックを受けてるのかな）と漠然と思った。当日欠勤なんて、オミズの世界に入って今日で二度目ぐらいだ。でも、どうしても今夜は店に出る気にはなれなかった。

彼女はベランダに出て、夜風に当たった。外の空気を吸いたくなったのだ。ほぼ満月だが、夏の月は鋭利な光を放っている。でも、そんなクールな月光が、今の友美には逆に心地良かった。

夜の静けさに友美が身をゆだねていると、隣から、男の悲鳴とも呻き声ともつかないような声が聞こえてくる。いつもなら興味本位で聞き耳を立てるところだが、失恋したての友美はそんな気分にはまったくなれず、肩をすくめた。

（部屋の数のぶん、それぞれの人生があるのね）

彼女はそんなことを思い、苦笑した。そして溜息混じりで部屋に引っ込んでしまった。

友美は、風呂を沸かし、飲み残したロマネコンティをすべて注ぎ込んだ。そして純平からもらった薔薇を持ってきて、花びらを一枚一枚むしり、ワイン風呂に浮かべてゆく。友美は彼の思い出を捨て去るかのように、花びらを千切っては風呂に放り込む。ワイン風呂はみるみる薔薇の花びらで覆われてゆく。

友美は、昔聞いたことがある、赤い薔薇の言い伝えを思い出していた。ギリシャ神話では、恋人の死を知ったアフロディーテの悲しみが、白薔薇を赤く染めたと言われている。女神アフロディーテの血または紅《あか》い涙が、白薔薇を染めて赤薔薇になったと……。友美はその悲しい話を知ってから、赤い薔薇に対するイメージが変わった。豪華で優美というだけでなく、女の情念をも感じさせる花と思うようになったのだ。

友美は静かに微笑し、薔薇の赤い花びらを千切っては湯に浮かべる。湯を薔薇で覆い尽くすと、友美は裸になり、湯船に浸った。なんだか隣の家からガタガタと物音が響いてくるが、気にせずに歌でもうたう。マリリン・モンローになった気分で、〝I wanna be loved by You〟などを口ずさみ、薔薇の花びらで肌を洗う。

ワインと薔薇が細胞にまで染み通るほどに気持ちが良くて、友美は思わず笑みを浮かべる。赤い花びらを見ながら、彼女はふと明日が花火大会ということに気づいた。伊佐夫はまだ出張中で四国を廻っているから、明日の土曜の夜は独り気ままに花火でも見ようかと考える。

友美は大きく伸びをし、ワインの香りに酔いそうになりながら、バスルームを見回してポツリと呟いた。

「そろそろ、もっといいところに引っ越そうかなあ」

第二章

田村悠也の部屋

七月十三日　イチジクの戯れ

金曜日の夜、仕事を終えると、悠也は六本木ヒルズ内のバーに向かった。奈緒子は先にきて、カクテルを飲んでいた。

「お待たせ。遅れちゃってゴメン。会議が長引いちゃってね」

「いいわよ、謝らなくても。あなたを待つのは、いつものことだもの」

奈緒子は首を傾げ、ニコリと笑う。悠也は水割りをオーダーし、煙草に火を点けた。大手の広告代理店に勤務している彼は、センスが良いものをさりげなく身に着けている。細身の体にグレーのスーツを纏い、眼鏡も時計も靴も洒落ている。生活感がないからか、三十五歳という年齢よりは若く見えた。

奈緒子は、そんな悠也の横顔を、うっとりと見つめる。付き合い始めて二年経った今でも、彼にべた惚れなのだ。奈緒子は三十一歳で、悠也とは別の会社に勤めている。美しく知的な彼女は、会社でもキャリアウーマンで通っていた。

いわば悠也と奈緒子は、お似合いの大人のカップルなのだ。

二人はバーを出ると、悠也の住むマンションへと向かった。エレベーターで八階に上がり、彼の部屋に入る。モノトーンでまとめられた2LDKの部屋は落ち着いているが無味乾燥でもあり、悠也のクールな性格を表しているかのようだ。

悠也は部屋に入っても奈緒子をいきなり抱き締めたりせず、スーツの上着を脱いで、ハンガーに掛けて几帳面にクローゼットにしまう。そして「暑いな」と呟きながら、銜《くわ》え煙草でエアコンを入れた。

奈緒子はモノトーンの部屋を見回し、思った。彼と付き合い始め、この部屋にくるようになって一年が経つが、未だになんとなく馴染めないと。よけいなものが一切ないこの部屋は、あまりにも無機質で生活感がないからだろうか。何度きても、どこか居心地の悪さを感じ、心の底からくつろぐことができないのだ。

悠也はソファに腰掛け、夕刊を読んでいる。彼の隣に座って甘えるのもなんとなく気が引けたので、奈緒子は悠也に声を掛けた。

「ねえ、キッチン使ってもいい？　お酒でも作るわ」

「いいよ。喉が渇くよな。そうだな、こんな蒸し暑い夏の夜は、スクリュードライバーがいいな。ウオッカ、そこの棚にあるよ。オレンジは冷蔵庫の中」

新聞から目を逸《そ》らさず、悠也が答える。奈緒子は彼のリクエスト通り、スクリュードライバーを作り始めた。

オレンジの甘くみずみずしい香りが漂ってきて、悠也はふと顔を上げ、キッチンに立つ奈緒子の後ろ姿を見た。

奈緒子は焦茶色のサマースーツを着ていたが、そのスカート丈はかなり短い。彼女の足は細くもなく太くもなく、ちょうど良い肉づきで、まっすぐに長く伸びている。光沢のある滑らかなストッキングに包まれたバンビのような美脚に、悠也は生唾を呑んだ。

「あら……あん、どうしたの……」

悠也はキッチンへと行き、奈緒子を後ろから抱き締め、小ぶりの尻をまさぐり始めた。彼の愛撫に、オレンジを剝く奈緒子の手が止まる。

「ふふ……奈緒子が魅力的だから、ガマンできなくなっちゃった。相変わらず、ステキな足だ……」

悠也は彼女の耳元で囁きながら、手を徐々に太腿へと伸ばしてゆく。足フェチの彼は、ミニスカートから伸びる美脚が大好きなのだ。

奈緒子と付き合っているのも、正直なところ彼女の美脚に惹かれるところが大きい。否、もしかしたら悠也は、奈緒子の人格より足のほうが好きなのかもしれなかった。その愛しい太腿を、悠也は思いきり撫で回した。

「ああん……ダメ……感じちゃう……ああっ」

尻から腿に掛けて愛撫され、奈緒子は感じて細身の体をくねらせる。奈緒子は乳房も尻も小ぶりだが、感度がとても良いのだ。少しのタッチでも果芯が疼き、濡れてきてしまう。パンストの中、黒いパンティにじんわりと蜜が滲み始める。

「奈緒子の太腿は本当に触り心地がいいな。しなやかで、適度にムチッとして、とても上品で魅力的な足だ。パンストの上から触っても、気持ちがいいよ。ツルツル、スベスベして、ああ……感じてくる……ステキだ」

悠也はストッキングの滑らかな感触が、また堪らなく好きなのだ。触れているだけで、下半身が漲《みなぎ》ってくる。

彼は床に跪《ひざまず》き、奈緒子の美脚を抱き締め、太腿に頬擦りをした。柔らかな太腿の感触が、彼を物狂おしいほどに高揚させる。悠也は太腿に顔を押し当て、両手でまさぐりながら、大きく息を吸い込んだ。奈緒子がつけたコロンの香りと、彼女の蒸れた下半身に漂う匂いが交ざり合い、淫靡な雌の芳香が匂い立っている。それはとても扇情的な香りで、悠也は身をブルッと震わせた。

「く……くすぐったいわ……いや……」

彼の荒い鼻息が太腿に吹き掛かり、奈緒子は恥ずかしそうに身を捩る。でも口では「いや」と言いつつも、いつもクールな悠也が自分で欲情してくれることが、彼女はとても嬉しいのだ。ミニスカートの中、彼女の下半身はますます蒸れて、甘い腐臭を放つ。黒いパンティには、すでに染みができていた。

「ああ……堪らない……綺麗な足だ……本当に……綺麗だ……」

悠也は呟きながら、陶酔して彼女の足を愛撫する。太腿から徐々に手を滑らせ、脹ら脛を撫で、優しく揉み、頬擦りする。膝も丸くて滑らかだし、脹ら脛もしなやかだ。完璧な美脚に、悠也のペニスはいきり勃つ。

彼は我慢できずに、ストッキングの上から奈緒子の足を舐め始めた。キッチンの床に這いつくばって女の足を舐め回す姿は、普段の知的な彼からは想像できないような痴態だった。

「ああん……くすぐったい……ふううん」

足を舐め回され、奈緒子が悶える。ストッキング越しだから、よけいにくすぐったいのだ。膝《ひざ》の裏を舐められ、あまりの気持ち良さに立っていられなくなりそうになり、彼女は流し台を摑んだ。

オレンジの香りが立ちこめるキッチンの中、二人は戯れ合う。しかし、ふと悠也の舌の動きが止まった。

「奈緒子……靴を履き替えてよ。スリッパじゃ、やっぱりムードが出ない。玄関に行って、早くハイヒールを持ってきて」

奈緒子は思わず悠也を見下ろした。床に這いつくばったまま、彼は長い舌を出して彼女の足を舐めている。その姿はまるで蛇のようだった。

悠也に命ぜられるまま、奈緒子は玄関から靴を持ってきて履き替えた。セルジオ・ロッシの黒革の九センチヒールを履き、奈緒子は背筋を伸ばして、挑発的に彼の顔へと足を突き出した。黒革のハイヒールを履いた足を見て、悠也は大きな溜息をついた。

「ああ……なんて美しいんだ。ハイヒールに包まれた美脚ほど、素晴らしいものはない！靴の、この色艶、そしてこのフォルム……。ステキだ。ああ、堪らない！　ああ！」

悠也は堪《こら》えきれず、奈緒子の足にむしゃぶりつく。爪先が尖った形の黒革のハイヒールというのが、彼の一番の好みなのだ。足フェチの悠也は、それが高じてか、靴のみにでも性的興奮を覚えてしまう。もちろん女性用の靴、それもハイヒールやロングブーツなどデザインが優雅で美しいものでなければダメであるが。悠也は美しい靴を使って自慰に耽《ふけ》ることもよくあった。

黒革のハイヒールに欲情し、彼はキッチンの床に這いつくばって靴を舐め回した。セルジオ・ロッシの靴は高級だけあり、革が滑らかで、舌触りが違うのだ。靴の光沢も色艶も文句のつけようがなく、爪先が思いきり尖ったシャープなデザインも彼を果てしなく興奮させる。

悠也は恍惚としながらハイヒールに頬擦りし、舐め回し、ペニスをいきり勃たせた。尖った靴先を見ているだけで、カウパー液が滲んでしまう。

「ううん……ステキだ……ううっ……」

鼻息荒くハイヒールを舐め回す彼を見下ろしながら、奈緒子も感じてしまう。悠也の激しい欲情が伝染するのだろうか、彼女の果肉からも蜜がこぼれてパンティが濡れる。靴や足だけでなく、早く秘肉も舐めてほしいと思いながら、奈緒子は腰をくねらせた。

「ああん……気持ちいい……ああっ……ダメ……」

悠也の舌が徐々に這い上がってくる。靴から脹ら脛そして太腿へと、また戻ってくる。長く柔らかな舌で足を入念に舐められ、じらされるような快楽で、奈緒子の乳首はツンと尖ってしまう。光沢のある滑らかなストッキングに唾液を滲ませ、悠也は美脚をゆっくりと味わう。太腿を抱き締め、彼は奈緒子のスカートの中へと頭を潜らせた。

「きゃあっ！　いや……いやあん……ああっ」

太腿の間に彼の頭が潜り込んできて、嬉しいけれど恥ずかしく、奈緒子は身を捩らせる。悠也は奈緒子の細い腰を抱き締め、蒸れたパンスト越しに彼女の股間を舐めた。濡れているのだろう、甘酸っぱい匂いと味が彼の性感を痺れさせる。悠也はペニスを怒張させ、パンストに染みる奈緒子の愛液を味わった。

「ああん……くすぐったい……ふううん」

パンスト越しでも悠也の舌がクリトリスに当たると気持ち良く、奈緒子は悶えた。黒いパンティの中、蕾が芽吹いてプックリと膨らむ。奈緒子は太腿で悠也の顔を挟み、貪欲に腰を動かしてクリトリスを彼の舌に押し当てる。パンティで蕾が擦れて、蜜がますます溢れ出た。

悠也は太腿を撫で回していた両の手を、今度はそっと彼女の股間へと伸ばす。そして濡れたパンスト越しに秘部を弄り始めた。割れ目を何度もなぞり、黒いTバックを食い込ませる。そして膨れたクリトリスを、指でグリグリと擦って刺激する。

パンストとパンティを穿《は》いていても強く感じてしまい、奈緒子は流しの手摺《てす》りを摑んで悶えた。快楽が込み上げ、立っていられなくなりそうだったからだ。

「ああっ！　ダメ……そんなに弄くられると……イッちゃう……ああん……あああっ」

彼女の喘ぎに悠也はニヤリと笑い、もっと悶えさせてやろうと、パンスト越しにクリトリスにむしゃぶりつく。吸いつき、そっと嚙み、激しく舐め回した。そして手では割れ目をなぞって、Tバックを食い込ませた。

セルジオ・ロッシのハイヒールを履いたまま身をくねらせる奈緒子はやけに卑猥で、悠也はいっそう高ぶった。彼は目を血走らせながら、流しの横に置いてあったキュウリを摑み、奈緒子の女陰あたりにグリグリと押し当てた。

「いやあっ！　恥ずかしい！　キュウリなんて、ダメ……あああんっ……あああっ」

パンストとパンティ越しに、異物感が伝わる。下着に遮られてはいるが、キュウリの先っぽが女陰に入り込んでくる。

（スーツにハイヒール姿なのに、キュウリでこんなふうに嬲られるなんて……。なんて猥褻なシチュエーションなの。ああ……でも感じてしまう……あまりに淫らで……感じてしまう）

奈緒子は心の中で呟きながら、下半身を蕩けさせる。悠也は悪戯《いたずら》な笑みを浮かべ、キュウリで彼女の秘肉をズンズンと突く。奈緒子は喘ぎながら、腰を蠢かした。

悠也はキュウリで女陰を突きながら、パンスト越しにクリトリスを摘んでグリグリと擦った。強く興奮している彼の荒々しさが、また奈緒子の秘肉に気持ち良い。黒いパンティの中で蕾は膨れ上がり、開花寸前だった。

「ああっ……あああん……ああ——っ」

悩ましい声を上げ、奈緒子は達してしまった。キュウリの先を咥えたまま秘肉がヒクヒクと蠢き、クリトリスが痙攣する。うねるような快楽が込み上げてきて、彼女は眉間に皺を寄せ、流しの手摺りを握り締めた。目の前で火花が飛び散るようだ。溢れかえる蜜が黒い下着に染みて、ストッキングまで濡らした。

「うん？　イッちゃったの？　自分だけ、ずるいな。ふふ……。じゃあ、今度は僕をイカせてよ。ね？」

奈緒子の熟れた太腿を抱き締め、悠也が上目遣いで囁くように言う。眼鏡の奥、彼の目は妖しく光っていた。

快楽が治まると、奈緒子は服の乱れを整え、背筋を伸ばして悠也の前に立った。そしてセミロングのストレートの髪を掻き上げ、黒革のハイヒールを履いた足を、彼に突き出した。悠也は微笑みながら、キッチンのフローリングの床にイチジクを置いた。

「思いきりやってよ。いつものように」

彼の言葉に奈緒子は頷き、イチジクを、ヒールを履いた足でグシャッと踏み潰した。

「あああっ……あああっ……イヤらしい……赫い中身が飛び出して……あああっ」

床に正座したまま、悠也が悩ましい声を上げて身をくねらせる。奈緒子は笑みを浮かべ、ヒールの先でイチジクをグシャグシャと踏み潰してゆく。

実を飛び散らせて無惨に崩れてゆくイチジクを見ながら、悠也の下半身が猛る。果実がヒールで潰されるたび、自分のペニスがヒールでいたぶられている感覚に陥るのだ。そしてそれが、堪らなく彼を興奮させる。

「気持ちいい？　うふふ……感じるんでしょ、こういうの見て」

奈緒子は悠也を見下ろしながら、イチジクをこれでもかと踏み潰し、そしてヒールの先を彼の顔に突き出した。

悠也は待ちかねていたかのように、飛びついた。イチジクの汁にまみれたヒールの先を口に咥え、舐め回す。

「ううん……美味しい……美味しいです……うううんっ」

悠也は譫言のように「美味しい」と繰り返しながら、ヒールをしゃぶる。イチジクの汁と黒革の味が相まって、彼の舌を刺激する。正座した彼の下半身は、ズボンの中で膨れ上がっていた。ヒールを舐めれば舐めるほど、イチジクの汁のような液体が、彼のペニスからも滲み出る。

そんな彼の姿を見下ろしながら、奈緒子にサディスティックな気持ちが湧いてくる。彼女は決してSというわけではなく、足フェチの悠也に合わせて愉《たの》しんでいるのだが、流れによって普段は眠っているSッ気が迸ることもある。恍惚とした表情でヒールを咥えている悠也を、奈緒子はふとイジメてみたいと思った。

「あっ……」

奈緒子の足で突き飛ばされ、悠也が床に倒れる。奈緒子は腕を組み、威厳のある態度で命じた。

「そこに寝なさい」

悠也はニヤリと笑い、言われた通りにフローリングの床に仰向《あおむ》けに寝そべった。彼は足フエチというだけであって、Mでは決してない。自分勝手であるし、性格的にはどちらかと言えばSだろう。しかしメイクラブの流れの中で、ライトなMになるのは嫌いではない。足フエチを思いきり堪能するには、Mになるのも時として歓迎であった。

奈緒子はイチジクを再び踏み潰し、寝そべった彼の顔へとヒールの先を近づけた。イチジクの汁が揺らめき、今にも垂れそうだ。

「『あーん』してごらんなさい」

ソフトSモードに入っている奈緒子が、甘く低い声で命じる。悠也は目を潤ませて従い、口を開けて汁が垂れ落ちるのを待った。ヒールの先に揺れる白銀色の果汁を見つめるうち、呪文《じゅもん》に掛かったように、彼の肉体に官能の波が押し寄せてくる。

ヒールの先についたイチジクの汁が、悠也の口の中に垂れた。

「あ……美味しい……」

口に広がる汁の甘酸っぱさに、悠也の官能が刺激される。床の上でグチャグチャに潰され、果肉が剝き出しになったイチジクの卑猥さが、また彼の劣情を揺さぶる。悠也は潰れたイチジクの中にペニスを突っ込み、腰を激しく動かして果ててしまいたかった。

「いやね、なんてイヤらしい男なの。ヒールについた果汁を舐めて、オチンチンを大きくするなんて。……変態」

奈緒子は妖しい笑みを浮かべ、悠也を見下ろす。彼はフッと笑い、ペニスを猛らせたまま反論した。

「変態ねえ……。まあ、僕は自分のこと変態なんて思ってないけれどね。僕は、ただ単に美しいものが好きで、美しいものに欲情するってことなんだ。誰だってそうだろう？　ただ人によって美的感覚が違うっていうだけでね。たとえば、君の足は美しいよね。……もちろん君自身も美しいけれどさ。だから欲情するんだ。そしてセルジオ・ロッシの靴だって美しい。君の足に負けず劣らず、フォルムだって完璧だ。だから僕はセルジオ・ロッシの靴にだって欲情する。靴の写真を見ながら、僕はオナニーするからね。ふふ……君も知っているだろうけれど。それから、イチジクだって僕にとっては美しい。でもそれは潰れたイチジクだ。イチジク自体はそれほど美しいとは思わない。だからイチジク元来の姿ではオナニーできないが、潰れて実が飛び出したイチジクではオナニーできるんだ。美しく、なんとも気品のあるエロティシズムに満ちている。胸ばかり大きい頭がからっぽのグラビアタレントなどでは勃ちもしないが、踏み潰されたイチジクでは僕は何度だって抜ける。……どうだい？　僕は僕なりの美意識で欲情してるのさ。それに対して『変態』なんて侮蔑的なことを言うのは野暮というものではないかな？　君はそこのところ、どう思うんだい？」

悠也の相変わらずの口達者ぶりに、奈緒子は思わず苦笑する。彼が変わったセンスの持ち主と重々分かっていて以前から付き合っているのだから、別にムキになって言い返すこともなかった。奈緒子は溜息をつき、言った。

「分かりました。『変態』って、ちょっと言ってみたかっただけよ。深い意味はないから、気にしないで。あなたのセンス、すごいって思うわよ。さすが芸術家肌だなって。そんなあなたに足を褒められて、光栄だわ。……ね、服を脱いでよ。イチジクじゃなくて、そろそろあなたの体を踏みつけたいわ」

悠也は眼鏡も取り、トランクス一枚の姿になって再び床に寝そべった。奈緒子もスーツを脱ぎ、黒のブラジャーとパンティの姿になる。もちろん黒革のハイヒールも履いていた。

下着姿にハイヒールというのが妙に悩ましく、悠也は股間を屹立させた。スラリと長い見事な足を見ているだけで、彼はオナニーして果てたくなってしまう。目を潤ませて見上げる悠也に、奈緒子は妖しく微笑んだ。

「ほら、どう？　気持ちいい？」

奈緒子は髪を掻き上げながら、悠也の猛る股間をハイヒールを履いた足で優しく踏みつける。激しい快楽が込み上げ、悠也は呻き声を上げた。

「ああっ……あっ、あっ、あっ！　か……感じる……くううっ」

セルジオ・ロッシのハイヒールで股間を踏まれ、悠也の下半身が熱く滾る。この、ヒールで擦りつけられるような感触が堪らないのだ。少し痛いけれど、徐々に甘い快楽へと変わってゆく。奈緒子の美脚を見上げながら、悠也のペニスは膨張し、カウパー液をこぼした。

「イヤらしいわね。トランクスに染みができてるわ。我慢できずに漏らしちゃったのね。うふふ……可愛い」

奈緒子は囁くように言い、徐々に全身を踏んでゆく。脇腹や太腿や胸のあたりを、力を掛けて押し潰す。ハイヒールの先が肉に食い込み、苦しくも甘美な官能に悠也は呻いた。

「ううう……痛い……でも……ステキだ……くううっ」

全身をヒールの先で踏み潰されながら、悠也は身悶える。感じすぎてしまって、脳まで痺れるようだ。体を踏まれるたび、屹立したペニスがビクンビクンと蠢いた。

「お願い……そろそろ素足で踏みつけて……踏み潰して……僕の体を」

薄れゆく意識の中、悠也は掠れた声で頼む。奈緒子はクスリと笑い、ハイヒールを脱いだ。

白く美しい足の爪先には、オレンジ色のペディキュアが塗られている。

「ああ……綺麗だ……その前に、舐めさせて……君の足を」

悠也にねだられ、奈緒子は彼の顔に足を突き出した。悠也は彼女の華奢な足にむしゃぶりつき、足の裏を舐め回した。夏の暑さで蒸れた足というのが、彼の大好物なのだ。

「ううん……美味しい……よく蒸れていて……甘酸っぱい匂い……味も……熟成されている……美味しい……ううううんっ」

悠也は奈緒子の足の指まで一本一本丁寧にしゃぶる。足の指の間を舌でこねくり回され、奈緒子はくすぐったくてバランスを崩して転びそうになった。

「やだ……そんなに舐められたら……私も感じてきちゃう……」

くすぐったくも妙な快感が込み上げ、奈緒子も疼いてしまう。彼女の足の指を味わいながら、悠也のペニスはいきり勃った。我慢できずに彼は手を股間へと伸ばし、トランクスの上からそっと撫でる。蒸れた足を堪能しながら、このまま自分で擦って射精してしまいたかった。

「なによ、オチンチン触ったりして！　限界なんでしょう？　先走り液で、下着がベトベトだもの。……ほら、もう脱いじゃいなさいよ」

奈緒子はそう言って、悠也のトランクスをむりやり脱がした。黒い繁みの間、彼のペニスは勢い良くそそり勃っていた。あまりの逞しさに、奈緒子の秘肉がつい疼いてしまう。花びらにじんわりと蜜が滲んだ。

「もう、ホントにイヤらしいわね。オチンチンをこんなに大きくして！　この、この！」

奈緒子は素足で、悠也の股間を踏みつける。華奢で柔らかな素足の感触が堪らず、彼は快楽の叫びを上げた。

「あっ、あっ、あっ、あああああっ！　す……すごい……気持ち……いい……はああっ！」

彼女の足に踏み潰され、悠也のペニスは脈を打って怒張し、先走り液をピュピュッと漏らす。これだけで、もう達してしまいそうだ。

「ほら、ほら！　こうしてあげる！」

奈緒子はペニスをギュッと踏み潰し、上下に擦り始めた。自分の足の下でビクビクと蠢くペニスは大きな芋虫《いもむし》のようで、彼女もこの行為にエキサイトしていた。

「はあっ！　すご……あああっ！　イク！　イキそう……あああっ！」

ペニスが怒張し、達しそうになった瞬間、奈緒子は足の動きを止めた。すんでのところで蛇の生殺しをされ、悠也は不発の快楽に苦しそうに身を捩る。

「くううう……出そうだったのに……ううう」

歯を食いしばって悶える悠也に、奈緒子はニヤリと笑う。奈緒子は、彼のクルミのような睾丸《こうがん》も軽く押し潰した。射精しきれずに蠢くペニスはなんとも猥褻で、彼女はますます責めたくなる。

ふと、先ほど踏み潰したイチジクが奈緒子の目に入った。彼女はそれを摑み、悠也の股間へと投げた。潰れてグチャグチャになった赫い実が、彼のペニスを覆う。

「ああっ……イチジク……イヤらしい……あああっ！　あああああっ！」

自分の股間を見て、悠也は狂おしいほどに高ぶって悶える。潰れたイチジクの実のグチュグチュした感触が、ペニスに堪らない。

奈緒子は妖しい笑みを浮かべ、潰れたイチジクをローション代わりにして、悠也の股間を足で擦り始めた。ヌチュヌチュという卑猥な音が、洒落たキッチンに響く。

「はああっ！　あああ——っ！　イク！　イク——！」

イチジクの粒々がペニスに絡まってくるのが、また堪らない。潰れた赫い果肉でペニスが擦られる様はなんとも猥褻で、悠也の劣情を強く刺激した。

潰れたイチジクを見るだけでも自慰できるのに、それが自分のペニスに絡みついているのである。しかも、美脚で踏みつけられながらである。それは彼にとっては震えるほどの興奮だった。下半身に快楽が駆けめぐり、彼は奈緒子のオレンジ色に輝く爪先を見つめながら、ついにペニスを爆発させた。

イチジクの赫い果肉に、白濁液が降り掛かる。

「くううっ……ふうううっ……」

凄まじい快楽に、悠也はペニスをドクンドクンと痙攣させて精を迸らせる。ザーメンは、奈緒子の足にも少し掛かった。

イチジクの赫い果肉にまみれ、悠也のペニスは生々しく息づいていた。


悠也はいったんシャワーを浴び、股間のイチジクを洗い流した。クールな彼は、女と一緒に入浴するということは、決してなかった。

奈緒子がシャワーを浴びている間、悠也はベッドの中でスクリュードライバーを飲みながら、ノートパソコンを開いて保存している画像を眺めていた。クラッシュ画像と言われる、女の足が何かを踏み潰しているものだ。彼のお気に入りは「ブーツを履いている女がチョコレートバナナを踏み潰している画像」で、それを見るだけでペニスが疼いてくる。女の顔も上半身も写っていないのだが、足元の表情だけで彼の劣情はいたく刺激されるのだ。

奈緒子を待つ間、悠也はこっそりとその画像を見ながらペニスを扱き始めた。射精したばかりなのに彼のペニスはすぐに勢いを取り戻す。

（ああ……このチョコバナナになりたい。そしてブーツを履いた美脚に踏み潰されて、擦ら

れたい）

そんなことを考えながら、悠也はペニスを激しく扱く。このまま扱いて射精してしまってもよかったが、奈緒子がシャワーを浴びる音が止まったので、急いでノートパソコンを閉じてテーブルに戻す。

奈緒子がバスルームのドアを開ける音がして、少し経つと、ドライヤーの音が聞こえてきた。隣のドレッシングルームで、髪を乾かしているのだろう。

悠也はベッドから起き上がり、ドレッシングルームへと向かった。

「あ……髪、乾かしているから、もう少し待ってて」

鏡に向かったまま、奈緒子が微笑む。鏡の中に、悠也も映っていた。彼女の黒髪は濡れ、花のような甘い香りを放っている。彼は奈緒子の手からドライヤーを奪うと、ニヤリと笑った。

「僕が乾かしてあげるよ……別のところを」

悠也はそう言うと、彼女のバスローブをまくった。奈緒子の股間が露わになる。悠也は笑みを浮かべながら、彼女の陰毛にドライヤーの風を当て始めた。

「いや……何するの……ああん、変な感じ……」

股間にドライヤーの熱風を当てられ、奈緒子が身を捩る。クリトリスが風でくすぐられるようで、感じやすい彼女の秘肉が疼き始める。

「ふふ……たまにはいいだろ、こういうのも。しかしイヤらしい眺めだな。君の濃い陰毛が、風にそよがれてフワフワと揺れている。僕は君の足も好きだけれど、君の陰毛も好きなんだよね。体が細くて足が美しくて陰毛が濃い女性というのが、僕のタイプなんだ。そういう女に、激しくそそられるんだよ。……ああ」

悠也は奈緒子を後ろから抱きすくめ、股間にドライヤーを当て続ける。大きな鏡には、二人の姿が映っていた。陰毛丸出しで、彼に弄ばれている自分の姿に、奈緒子は興奮してゆく。

「はああっ……あああんっ」

悠也が急にドライヤーの温度をコールドに変える。今度は冷風に股間を撫でられ、奈緒子の下半身にまた違った快感が走る。彼女は思わず腰を蠢かせた。クリトリスがひんやりとし、女陰がキュッとすぼむようで気持ちが良い。

「ほら……こんなことされて濡れちゃってるよ。もうグチュグチュだ」

彼は奈緒子の耳に息を吹き掛けながら、彼女の女陰に指を入れ、ゆっくりと掻き回す。悠也の指に、果蜜がねっとりと絡みついた。

ドライヤーの風で蕾を嬲られ、指で女陰を弄くられ、奈緒子の下半身は蕩けてゆく。

「ああん……ダメ……変になっちゃいそう……あああん……あああっ!」

悠也が再びドライヤーの温度を変える。冷風から急に熱風になった刺激で、奈緒子の下半身の疼きが高まる。冷風でキュッとすぼんだ女陰が、熱風でパックリと開いてゆくようだ。奈緒子の女陰はいっそう蜜を溢れさせた。

悠也は奈緒子の花びらを指で掻き回しながら、ドライヤーの温度を切り替え、彼女の反応を愉しんだ。

「ほら、見てごらん。鏡に、君の猥褻な姿が映っているよ。バスローブ姿で下半身をさらけ出し、ドライヤーの風を当てられて陰毛をそよがしている。なんてイヤらしい姿なんだ。とても有能なキャリアウーマンには見えないよ。あまりに扇情的すぎて……」

「ああん……ああっ、あっ、ダメ……」

鏡に映る自分の痴態を見ながら、奈緒子は羞恥と興奮で身を捩る。彼女の果肉は蜜を溢れさせ、悠也が指を出し入れするたびヌチュヌチュという卑猥な音を立てた。

悠也はドライヤーを置き、左手で奈緒子の女陰を弄りながら、右手で彼女の尻と太腿を撫で回し始めた。

「君の足は本当にイヤらしい……猥褻なほどにイヤらしいよ……ほら！」

「きゃあっ！」

悠也が奈緒子のバスローブをむしり取る。鏡に自分の全裸が映り、奈緒子は羞恥で頬を染めた。

「ほら、いい体をしている。小ぶりだけれど上向きのバスト。細い腰、濃い陰毛、そしてスラリと伸びた足。……堪らない、ああ、堪らないよ」

悠也は奈緒子を後ろから抱き締め、耳元に息を吹き掛けながら彼女の体を撫で回す。彼のペニスはいきり勃っていた。

「ああん……あっ、あっ……ダメ……恥ずかしい……」

奈緒子の首筋に彼の荒い鼻息が吹き掛かり、彼女は身を捩る。激しい羞恥で、彼女の全身は汗ばみ、ほんのり桜色に染まっていた。

「ねえ、ここに寝そべってみようよ。69しよう。夏の夜には、刺激的なセックスもいいだろう。ふふ……」

悠也はそう言って、奈緒子の手首を摑みドレッシングルームの床に押し倒した。フローリングの床のひんやりとした感触が、火照った肌に心地良い。

「え……恥ずかしいわ……鏡に映ってしまうし……あん……ううんっ」

悠也は有無を言わさぬように、奈緒子の上にむりやり覆い被さってしまう。69の体勢で、彼は奈緒子の太腿に顔を埋め、いきり勃つペニスを彼女の顔に押し当てた。

「ああ、気持ちいい……奈緒子の太腿は、柔らかくて、スベスベしていて。……うん、汗ばんで蒸れた股間の匂いも、ステキだよ。ああ、堪らない。……ほら、君も舐めてよ」

　悠也は彼女の下半身を抱えてクリトリスを舐めながら、奈緒子の口にペニスを押し込む。彼女は息苦しそうに、悠也の男根を咥えて舐めた。

「ううんっ……ふううん……」

　二人は喘ぎながら、互いの性器を舐める。69する姿が鏡に映し出され、悠也も奈緒子も興奮した。「こんな淫らなことをしているなんて」という猥褻感が、二人を高ぶらせるのだ。

　悠也と奈緒子はくんずほぐれつ床を転がり、奈緒子が上になり悠也が下になってしまう。そのほうが互いの性器がよく見え、二人はいっそう興奮した。

「ああ……奈緒子のオマンコ、イチジクみたいだ……踏み潰されて赫い肉を飛び散らせたイチジクそっくり……ああ、すごい……感じる……ううぅっ」

　悠也は奈緒子の熟れた秘肉をじっくりと見つめ、下半身を怒張させる。彼は奈緒子のイチジクにむしゃぶりつき、溢れ出る果汁を音を立てて啜った。

「あああっ……ああん……ああ――っ」

　彼の舌が果肉に入り込んできて、そのドジョウのような蠢きに、奈緒子は身悶える。彼女は激しい快楽を堪えながら、彼のペニスを口に含んだ。奈緒子の舌で舐め回され、悠也の男根はさらに膨れ上がる。

「ううっ……気持ちいい……ふううっっ」

熟れた女陰を眺めながら、悠也は達してしまいたかった。イチジクのような秘肉は甘い腐臭を漂わせ、彼の性感を痺れさせる。彼のペニスは奈緒子の口の中で怒張した。

「ああん……ダメ……もう我慢できない」

奈緒子はそう言うと立ち上がり、髪を掻き上げ、唇を舐めた。そして悠也に跨り、いきり勃った下半身へと腰を沈めていった。奈緒子のイチジクが、彼のペニスを呑み込んでゆく。

「くううっ……ううう っ……」

彼女のイチジクはよく熟れて果肉が締まっていて、悠也は思わず呻き声を上げる。悠也のペニスを奥まで咥え込むと、奈緒子は快楽で身をブルッと震わせた。乳首が突起してしまう。奈緒子はイチジクの果汁をねっとりと絡ませ、悠也の男根を締めつける。そしてペニスを咥え込んだまま、思うがまま腰を振り始めた。

「ああん……ああっ……すごい……長くて……奥まで当たる……あああっっ」

奈緒子は長い足を折り曲げ、膝を立ててロデオをするように腰を動かす。悠也のペニスはキュウリのように細長いが硬いので、秘肉にとても心地良いのだ。騎乗位で交わると、長いペニスの先端が子宮にまで当たってボルチオ性感帯が刺激され、堪らない。奈緒子は髪を振り乱し、夢中で快楽を貪った。

奈緒子の果肉は汁をグチュグチュと垂らしながら、ペニスをよく締めつける。悠也の下半身も爆発寸前だ。彼女が膝を立てているので、イチジクのような赫い秘肉に、自分のペニスが咥え込まれているところもよく見える。悠也は高ぶり、腰を動かして下から突き上げた。イチジクの如き女陰を、思いきり掻き回してやりたかった。

「あっ、あっ、あっ！　あああああっ……ああ――――っ！」

ペニスの先端にポルチオ性感帯を刺激され、頭まで痺れそうなほどの快楽が込み上げる。意識が遠のきそうになりながらふと鏡を見ると、あまりに淫らな自分の姿が目に入る。全裸で男に跨って、ペニスを呑み込み腰を振っている。

「ああ――ん」

その時、悠也に腰を摑まれて下から思いきり突き上げられ、奈緒子は堪らずに達してしまった。目も眩《くら》みそうな快楽で、頭が真っ白になり、全身の力が抜ける。達した奈緒子の果肉は、ヒクヒクと痙攣しながら悠也のペニスをきつく咥え込んだ。

「ううっ……くううっ……イチジクのオマンコは……すごいな……ぐううっ」

赫く爛れた秘肉の中、悠也のペニスは膨れ上がって爆発した。彼のペニスは脈を打ち、奈緒子のイチジクに、白濁液をドクドクと迸らせる。

夏の夜、果肉から溢れ出る汁が、甘酸っぱい匂いを漂わせていた。

七月十四日　恋愛不能症

奈緒子が帰ると、悠也はホッとした。土曜の午前十時。もう一眠りしようと、ベッドに潜り込む。

(やっぱり寝るのは独りがいいなあ。傍に誰かいると、鬱陶《うっとう》しくてしかたがない。特に夏は暑苦しいし)

悠也はそんなことを思いながら、身を伸ばした。ふと、奈緒子の残り香を感じ、彼はなんとも言えぬ顔をした。昨夜のセックスの後の彼女の言葉を思い出したからだ。

「ねえ……別に急《せ》かすわけじゃないけれど、そろそろ私たちもケジメをつけない？　最近、両親も色々言ってくるのよ。『仕事もいいけれど、やっぱり女の幸せは結婚よ。もし、どうしてもいい人がいないなら、お見合いでもしなさいよ』って。でも、ほら、私には悠也っていう大切な人がいるし……」

ベッドの中で奈緒子はそんなことを言いながら、悠也に身を擦り寄せてきたのだ。「結婚」という言葉に、悠也は急に不快感が込み上げ、何も答えずに寝たふりをしてしまった。

（そろそろ奈緒子とも潮時かな……。あいつ、この頃やけに『結婚、結婚』って言うんだよな。親に急かされたりして、よっぽど切羽詰まってるんだろうか。でも……悪いが僕は結婚する気、ないからなあ。さて、どうするか。これまでみたいに、徐々に距離を置いて、疎遠になってフェードアウトってのが一番だよな。あいつとは会社も違うし、会わないようにすればそれで済むことだから）

悠也は別に、奈緒子だから結婚したくないわけではない。独身が気楽なので、今のところ誰とも結婚する気がないのだ。自分でも冷たい男だと思う。でも、こういう性格を、彼は変えることができなかった。

今朝だって「今日は昼から仕事に行くから、ゆっくりできない」と嘘を言って、奈緒子を追い返したのだ。せっかくの休日、彼女にずっと傍にいられるのが鬱陶しいからだ。悠也は独りの時間がないとダメなタイプで、女に束縛されることが大の苦手だった。

もし悠也に「奈緒子を愛しているの？」と訊ねたら、彼の正直な気持ちはこうだろう。

「愛してるか……。僕は愛するという意味が、よく分からないんだよね。まあ、それはおいといて、奈緒子のことは、うーん、どうなんだろう。いいと思う。足を始め、体は好きだね。あと、顔も。セックスも、僕の性癖を理解してくれるし、別に不満はないよ。……でも、好きかって訊かれると、どうなんだろう。もしかして僕は、女を好きになれないのかもしれないな。今まで生きてて、一度も女を心から好きって思ったことがないんだ。よく恋人同士が『私たちは心から分かり合える』なんて言うよね。僕は、そんな関係が逆に信じられない。誰の心も理解したいなんて思わないし。女を内面的に好きになったこともないかもしれない。奈緒子も外見が好みだったから付き合ったっていうだけなのかも。まあ、しかたがないさ。僕はこういう人間なんだから」

つまり悠也は、恋愛不能症の男なのだ。奈緒子に対しても、単に「外見が好みで、自分の性癖を理解してくれるから」とズルズル付き合ってしまった。奈緒子にとって悠也は「恋人」だが、悠也にとって彼女は「セックスフレンド」のようなものだ。

そのような悠也に業を煮やしてか、最近やけに奈緒子が真剣交際を迫り始めた。初めは適当にあしらっていたのだが、ここ一カ月ほど電話もメールも毎日のようにしてくるようになり、辟易《へきえき》しているのだ。電話に出なかったり、メールの返事をしなかったりすると、「どこで何をしていたの」とまた連絡してくる。

しつこい女というのは、悠也の最も苦手なタイプで、逃げたくなってしまうのだ。キャリアウーマンの奈緒子はそのようなタイプではないと思って付き合ったのだが、悠也の誤算だったようだ。

（セックスの相性はわりと良かったんだけれどなあ。足も堪らなかったし。でも、やっぱりそろそろお別れだな……）

独りでベッドに寝そべり、悠也は深い眠りに落ちてゆく。ようやく安眠できそうだった。

七月十七日　オフィスの評判

「田村さん、お疲れさまです。コーヒー、ここに置いておきますね」

「おっ、ありがとう」

亜希の爽やかな笑顔に、悠也も思わず微笑みを返す。パンツスタイルの彼女の後ろ姿を盗み見しながら、悠也はコーヒーを啜った。彼女もなかなかの美脚であると、さりげないチェックを怠らない。

大学三年生の亜希は今夏休みで、悠也が勤める広告代理店にアルバイトにきているのだ。なんでも国際経営学を学び、ニュースキャスター志望だという。髪も短く凛《りん》とした彼女は宝塚の男役のような雰囲気で、ボーイッシュだが華やかな魅力があった。

悠也は亜希に興味を持っていて、いつ誘おうか見計らっていた。彼は面倒な問題を起こすのがイヤなので会社の女には手を出さないよう心掛けているが、アルバイトは別である。特に亜希のように夏休みの短期アルバイトの女子大生は、後腐れなく遊びやすい。悠也は今までも何度かアルバイトの学生を喰ってしまったことはあった。そして亜希のことも狙っているのだった。

「はい、これ、今度の会議の資料です。目を通しておいてください」

同僚の女子社員が、悠也に素っ気なく資料を渡す。先ほどの亜希の笑顔とは打って変わった無愛想な態度だ。

(まったく、女も歳取るとイヤだね。爽やかに微笑むこともできなくなる!)

悠也は心の中で悪態をつく。しかし、女子社員の態度も仕方ないことだった。悠也は女子社員の間で評判が悪く、会社ではまったくモテないのだ。一応エリート社員と言われルックスも悪くはない彼だが、女性人気は最悪である。悠也の冷たい性格が災いし、色々な噂が女子社員の間を駆けめぐって、「信用できない男」として社内で認定されているからだ。陰では「田村悠也と付き合うと不幸になる」とまで言われ、女子社員たちは彼を要注意人物として恋愛候補から除外していた。

それゆえに悠也は会社ではまったくモテず女子社員に相手にされないから、アルバイトの女の子にちょっかい出すぐらいしかできない。

彼は廊下で擦れ違う時、亜希にさりげなく「今度飲みに行かない？　御馳走させてよ」というメモを渡した。振り返ると、亜希は爽やかな笑顔でこちらを見ている。悠也は心の中でガッツポーズをした。

「あら、こんばんは」

「あ、どうも。いってらっしゃい」

悠也が会社からマンションへ帰ってくると、廊下で隣の部屋に住む女と擦れ違った。彼女はこれから出勤のようだ。華美なスーツを着て、香水をプンプンと匂わせている。

（容姿や服装、持っているブランド品なんかから察するに、間違いなくオミズの女だろうな。それもここらへんの、わりと高級店。僕よりは年上だろうから、ママもしくはチーママぐらいのポジションだろう。まあ綺麗なんだけれど、僕の好みじゃないんだよなあ。ああいう玄《くろ》人《うと》っぽい女ってのは僕はそそられない。足はけっこう魅力的だけれどね。……しかし、あの時の声は大きいな。土曜の夜、時々、筒抜けになるから）

マンションのドアにカードキーを差し込みながら、悠也は苦笑した。

部屋に入って電話とファックスをチェックし、彼はギョッとした。奈緒子からファックスが送られてきていたからだ。

「元気ですか。先週の金曜日は、とてもステキな時を過ごせましたね。また近いうち、会いましょうね。悠也の部屋に行きたいわ。行ってもいい？　悠也も寂しくなったら私の部屋にいつでもきていいのよ。待ってるから」

読み終え、悠也の背筋に冷たいものが走る。電話やメールならまだ分かるが、ファックスまで使ってメッセージを送ってきたなんて初めてだ。彼の心の中、恐ろしい考えがよぎる。

もしや奈緒子はストーカー的になってきたのだろうか。

そう言えば今朝もメールがきていたが、仕事が忙しくて無視したままだった。悠也は返事をするかどうか暫く悩み、結局しないことにした。否、する気になれなかったのだ。

悠也は窓を開け、ベランダに出た。月を見ながら、煙草を薫《くゆ》らす。夏の生ぬるい夜風が、彼の頬をかすめていった。

七月十九日　お説教

「わあ、ステキなバーですね」

店内を見回して、亜希が嬉しそうな声を上げた。窓には美しい夜景が広がり、都心が一望できる。赤坂プリンスホテル四十階のカクテルラウンジ、『トップオブアカサカ』のテーブル席に、悠也と亜希は寄り添って座った。近くのイタリアンレストランで食事をした後、彼は亜希をこのバーに連れてきたのだ。

「どう、気に入ってもらえた？」

悠也は煙草を銜え、さりげなく足を組む。ヴェルサーチのスーツを纏った彼からは、ブルガリの香水が仄かに漂う。

「はい。こんなところ、普段はこないから。なんだか、大人になったような気分です」

亜希はそう言って爽やかに微笑む。素直な彼女が可愛く、悠也も笑みを浮かべた。ボーイが酒を持ってきて、二人は乾杯した。悠也は水割り、亜希はバイオレットフィズという紫色のカクテルだった。

「君は煙草は吸わないの？」

「はい、吸いません。二十歳過ぎてるから、吸ってもいいんですけれどね。お酒もあまり飲めないんです。カクテル一、二杯ぐらいはいけますけれど」

亜希は姿勢良く座り、足を揃えて横に流している。パンツスーツ姿でも、彼女のスタイルが良いことは分かった。背が高く、細身で、足が長い女は、悠也の最も好きなタイプだ。亜希の知的で上品な雰囲気もまた、彼を高ぶらせるのだった。

「なるほど……君はお嬢様育ちに見えるものな。国際経営学を学び、キャスター志望の才女でもある。美人でスタイル良くて、文句のつけようがないな」

褒め殺しのような悠也の言葉に、亜希は苦笑した。

「そんなことありませんよ。……お嬢様なんかでは、まったくありません。家も普通です。キャスターだって志望しているだけで本当になれるかどうか分からないし」

「まあ、キャスターは志望者が多くて倍率が高いだろうからなあ。でも、もしテレビ局がダメだったら、うちの会社にくればいいじゃない。君なら受かるよ。……なんなら、俺が上に口をきいてやってもいい」

悠也が色目遣いで亜希を見る。亜希は姿勢を正して、言った。

「いえ、田村さんにお手数お掛けしてしまうのは、申し訳ありませんので。自分のことは、自分でちゃんとします。実は……オフレコですが、某テレビ局に父が口をきいてくれているので、どうにか入社はできると思います。キャスターになれるかどうかは分かりませんが」

悠也は水割りを舐め、苦笑した。

「ああ……そうか。君のお父さん、お偉いさんなんだ。やっぱりな。君はサラブレッドって感じだものな」

「サラブレッド……。うーん、どうでしょう。サラブレッドって言うと、私は馬を思い出しますけれどね。馬は好きです、私」

育ちのことはよく人から言われて、慣れているのだろう。亜希は上手くかわした。

「あ、君、馬が好きなの？　いいね、僕も馬は大好きなんだ。動物の中で一番好きだ。ねえ、君はどうして馬が好きなの？」

亜希はカクテルを飲む手を休め、答えた。やけにハッキリとした口調だった。

「美しいからです、馬は」

少しの間が二人に訪れる。悠也と亜希は見つめ合った。

「……そうだよ。君はよく分かっている。馬は美しい。崇高なまでに美しいよね。あのフォルム。あの嘶《いなな》き。完璧だ。それにエロティックでもある、馬は。ねえ、そう思わないか？」

亜希は腕を組み、少し考える。

「エロティック……。うん、なんとなく分かるような気もします。私、小さな頃、馬の夢を見たことがあるんです。白い馬が走ってきて、燃えさかる火の輪を飛び抜ける……という夢でした。そして、その夢を見た後……あ……」

亜希は口ごもり、恥ずかしそうにうつむく。悠也は彼女の話に興味を持ち、身を乗り出した。

「なに、なに？　夢を見た後、どうしたの？　言っちゃいなよ」

悠也は悪戯っ子のような笑みを浮かべ、亜希の膝にさりげなくタッチする。彼女はうつむいたまま、頬をほのかに紅潮させる。恥じらう彼女の姿は妙に扇情的で、悠也はよけいにからかってみたくなった。

「あ、そうか。馬の夢を見た後、男と初体験しちゃったんだろ！　君は意外にオマセだったんだな。小さい頃、男とヤッちゃうなんて」

亜希は顔を真っ赤にして反論した。

「ち……違います！　初体験なんて、ありえません！　私、その夢を見た時、小学校五年生だったんですもの。か……勝手な想像で、変なこと言わないでください！」

悠也は煙草を吹かしながら、亜希の顔を覗き込むようにして見つめた。

「小学校五年生か……。その歳で、性的に恥ずかしいことってなんだろう。あ、もしかして……」

薄笑みを浮かべる悠也を、亜希は怪訝《けげん》そうな目で見る。彼は続けた。

「馬の夢を見た後、初潮がきたのかな。そうだろ？」

亜希は悠也から目を逸らし、窓に広がる夜景を見ながら、無表情にコクリと頷いた。

悠也は彼女の足元を見た。白い上品なパンプスが、彼の目に眩しい。悠也はスーツのポケットから部屋のキーを取り出し、言った。

「馬にエロスを感じるなんて、僕と同じセンスで嬉しいよ。じゃあ、ここでもなんだし、部屋に行ってエロスについて語り合おうか」

亜希は窓から目を戻し、驚いた顔で悠也を見る。悠也は悪びれもせず、続けた。

「ホテルの部屋、取っておいた。君のために、眺めの良い広い部屋をね。部屋で一緒にワインでも飲んで、二人の出逢いを祝福しよう。感性が似た二人の出逢いを。……ね、いいだろう？」

悠也はそう言いながら、亜希の手を握る。亜希は困ったような顔をして、彼の手をそっと押しのけた。

「ごめんなさい……それはできません」

亜希の拒絶の言葉に、悠也は少々傷つくが決して怯《ひる》まない。彼女のような堅い娘はすぐには堕《お》ちないと、分かっているからだ。悠也は亜希の長い足をチラリと見ながら、この体を簡単には諦《あきら》めたくないと思い、食い下がる。

「どうして？　君も子供じゃないんだから、男と一晩楽しく過ごすことだって知っているだろう。……え、それとも処女なの？」

悠也のからかうような言い方に、亜希はまたムキになった。

「ち……違います！　そういうことを言っているのではなくて、あの……その……私、カレがいるんです。ちゃんとお付き合いしている人が」

亜希のかたくなさに、悠也は思わず苦笑する。彼は三杯目の水割りを飲み干し、言った。

「いいじゃない、別にカレがいたって。じゃあ、僕とは割り切った大人の付き合いをしようよ。うん、君にカレがいたほうがいいや。僕とはたまに会って、その時だけ、こんなふうに恋人気分で楽しむんだ。美味しい店、また連れていってあげるよ。夜景が綺麗な、こんなバーにもね」

悠也は薄笑みを浮かべ、亜希を見つめる。「君にカレがいたほうがいいや」というのは彼の本心だった。責任を取らずに済むからだ。悠也は単に亜希の外見や雰囲気に惹かれているだけで、彼女と本気で付き合おうとはこれっぽっちも思っていなかった。

亜希は暫く黙ってうつむいていたが、不意に顔を上げ、言った。

「できません、そんなこと。私、カレのこと、本気で好きですから。私たち、信じ合っているんです。だから、裏切ることなんてできません」

彼女の青臭い言葉に、悠也は失笑する。亜希の純情さが、彼を軽く苛立《いらだ》たせた。

「信じ合っているか……。君は今どきのコにしてはスレてないっていうか、やっぱりお嬢さんなのかな。まあ、君もそのうち分かるよ。愛とか恋っていうのが、幻想だってことにね。愛なんて、実在しないんだよ、この世には」

悠也は吐き捨てるように言って、ナッツを囓《かじ》る。彼の冷たさが垣間《かいま》見えたような気がして、亜希は肩をすくめた。しかし彼女は黙っていずに反論した。

「そうでしょうか。私は愛って存在すると思います。私とカレはお互いを支え合ってます。悩みは何でも打ち明け合うし、色々なことについてよく話し合います。お互い、精神的に結びついているんです。そういう人って、誰にだっているでしょう？　いなかったら、寂しいじゃないですか。田村さんだって、彼女がいらっしゃるでしょう？　愛する人がいるのに、〝割り切った関係〟なんてダメです、絶対」

亜希の真剣な物言いに、悠也は小馬鹿にしたようにフンと鼻で笑った。

「なんだか君たちって若年寄みたいなカップルだな。悩みは何でも打ち明け合うとか、支え合ってるとか。それに精神的に結びついてるカップルなんて、今の世の中、逆に少ないと思うよ。特に、こんな都会ではね。……僕だってそうさ。付き合ってる女はいるけれど、彼女に本心を打ち明けたことなんてないような気がするよ。一度も」

亜希は悠也の話を聞きながら、彼は恋愛ができない性格の男なのだと思った。会社で耳にした「田村悠也と付き合うと不幸になる」という噂は本当なのだと理解する。

「……じゃあ、田村さんは彼女を愛していないんですか？」

「うん。僕は愛ってこと自体が分からないからね。愛そうにも愛することができないんだ。彼女とは好きも嫌いもなくて、惰性で付き合ってるんだろうな。まあ、そろそろ潮時だけどね。……でも、惰性で付き合ってるカップルなんて、けっこう多いと思うぜ。夫婦なんて、ほとんどそうだろ。僕なんかも、もうこの歳まで独りで好きに生きてくるとさ、今さら恋愛するのも面倒っていうか億劫《おっくう》なんだよね。それに、俺は、『愛される』ってことも分からないんだよ。女って、親しくなるとすぐにあれこれ詮索《せんさく》してきて、プライベートの生活に入り込んできて、独占しようとするじゃない。そんなのは、ただ鬱陶しいだけだって、気づかないのかなって思うよ。自分のエゴを満足させるために、毎日のように電話を掛けてきたりメールを送ってきたりして、ちょっと連絡しないと『ほかの女と会ってたんじゃないの』と訊いてくる。それが愛なのか？　そんなうざったいことをされるぐらいなら、僕は誰からも愛されなくていいし、誰かを愛そうとも思わないね」

悠也は忌々しそうに言って、四杯目の水割りを口につける。亜希は溜息をつき、返した。

「そうでしょうか？　うざったいのかな、そういう女性の態度って。可愛いって思いません？　私も、カレに毎日のように電話したりメールしたりしてるけれど、カレは『可愛いヤツだ』って言ってくれますよ。もし、仕事が忙しかったりして、彼女のそういう態度が迷惑と思うなら、それとなく言えばいいじゃないですか。その彼女が本気で田村さんのことを思っているなら、迷惑になるような行動は慎みますよ、きっと。私、思うんです。誰かに本気で愛してほしいなら、自分もちゃんと人を愛せるようにならなくちゃ、って」

悠也は黙って亜希の顔を見つめた。四杯目の水割りを飲む彼の目は据わっているように見え、亜希は少し躊躇ったが続けた。

「偉そうなことを言ってしまって、ごめんなさい。私も、実は前の恋愛で失敗してるんです。前のカレ、いい人だったんですよ。それで甘えてしまっていたんですね、私。大学一年の頃に付き合って、カレは二年先輩でした。私が子供だったんでしょうね、カレの心を試すためにワザとヤキモチ焼かせるようなことを言ったり、したりしたんです。カレの前でワザとほかの男の子を褒めてみたり、我儘を言ったり、まあ〝小悪魔〟を気取っていたわけです。カレは私にべた惚れだから、何をしたって平気って思ってた。バカだったんですね、私。ある日突然、カレに言われたんです。『もう、君にはついていけない。ほかに大切に思える人ができたから、別れてくれ。君には、俺よりほかにもいい男がたくさんいるだろ』って、フラれちゃいました。……そして私、カレを失って、初めて分かったんです。私、そのカレのことが本当に好きだったんだって。大切な人だったんだって。でも、気づいた時には、もう遅かったんです」

前のカレとのことを思い出したのだろうか、亜希の声が少し掠れる。悠也は何も言わず、水割りを飲み続けていた。

「……私、その時、思ったんです。誰かに愛されたいなら、やはり自分も誠実にその人を愛さなければ、って。傷つけ合うような恋愛なんて、大人になりきれない子供のすることだって、ようやく分かったんです。だから私、同じ過ちを繰り返したくなくて、今のカレとは誠意を持って付き合っているんです。……若い時なら我儘もいいかもしれないけれど、人間って誰でも歳を取りますよね。男だって女だって。外見が衰えてきて、お腹が出てきたり、胸が垂れてきたり、髪の毛が薄くなってきたりした時、自分勝手なことばかりしていては、傍に誰もいなくなってしまいますよね、きっと。誰もいなくなってから後悔しても、遅いですから」

「うん、もういいよ。くだらない説教話は聞きたくない」

亜希の話を、悠也が遮る。酔いが廻った彼の顔は、少し青ざめていた。

「……なんだか、君は若いのにやけに説教臭いね。いいじゃないか、誰もいなくなったって。人間なんて、しょせんみんな独りなんだからさ。心から理解し合える関係？　そんなの幻想だよ。だいたい、他人のことを百パーセント理解するなんて無理に決まってんだろ。みんな自分だけのことで精一杯なんだからさ。……で、どうするの？　そろそろ部屋に行くか？」

悠也は煙草を揉み消し、部屋のキーを摑む。神経質そうにこめかみに筋を立てる悠也の顔を見ながら、亜希は思った。女子社員たちが彼に対して言っていた「仕事人としてはエリート、男としては劣等生」という評価は、まさにその通りであると。

亜希はいつものように爽やかに微笑み、ハッキリと言った。

「もう遅いので、私、帰ります。お食事、本当にご馳走様でした。調子に乗って生意気なことを言ってしまって、ごめんなさい。ここのぶんは、私が払っておきますので、お先に失礼します」

亜希は姿勢を正して礼をし、椅子を立ち上がる。白い百合のように清らかな彼女を見上げ、悠也は忌々しそうに言った。美しい亜希が惜しい気もするが、嫌がる女にしつこく食い下がるのは彼のプライドが許さなかった。

「いいよ、僕はここでもう少し飲んでいくから、後で纏めて払っておくよ。こんな飲み代なんて大したことないからさ。……早く帰って、カレに電話でも掛けてやりなさい。遅いから気をつけて」

亜希は黙って頭を下げると、足早にバーを去った。

亜希にフラれた後、悠也はかなり酔って午前を廻った頃に帰宅した。マンションのエントランスでカードキーの差し込みを間違え、思わず苦笑する。

「あーあ、なにやってんだろうなあ」

マンションの中に入ると、悠也は独り呟いた。溜息をつきながらエレベーターを待っていると、若い女がエントランスから入ってきた。たまに見掛ける、このマンションの住人だ。酔っている悠也は、彼女に気さくに声を掛けた。

「こんばんは」

「あ……どうも」

エレベーターはすぐに降りてきて、二人は一緒に乗った。悠也は八階のボタンを押し、彼女に訊ねた。

「何階ですか？」

「あ、四階です」

悠也は四階のボタンも押し、彼女に微笑み掛ける。いかにも今風のＯＬといった雰囲気の彼女は二十代半ばぐらいだろうか。セミロングの髪は茶色で、なかなか派手な化粧をしている。肌荒れが少々気になるが、顔立ちもスタイルも悪くはない。

彼女も亜希と同じような白いパンツスーツを着ていたが、清楚というイメージはなく、適度に遊び人の雰囲気を漂わせていた。熟れた果実のような乳房や尻が、それを物語っている。清廉潔癖なお嬢様に痛い目に遭わされたばかりの悠也は、逆に彼女の世間ズレした雰囲気に好感が持てた。別にクドこうとは思わないが、エレベーターが四階につく間、悠也は彼女を密かに観察していた。

（こんな時間まで遊んでいたのかな。やけに疲れた顔をしてる。それとも仕事だったのだろうか？　この歳でこのマンションに住めるのだから、それなりに過酷な仕事をしているのかもしれない。いつも朝に出掛けて夜に帰ってくるようだから、水商売ではないだろうな。いかにもOL風のファッションだから、会社勤めだろう……）

彼女はグッチのシルバーの腕時計を嵌《は》め、水色のコーチのバッグを持っていた。彼女が身に着けたものを確認しながら目で追ってゆくうち、悠也の視線がピタリと止まった。

彼女が気になったのは、彼女の靴だった。彼女は真紅のハイヒールを履いていたのだ。それも革ではなくてエナメルだ。白いパンツスーツにどう見てもその靴は不似合いで、彼女は足元だけが浮いている。

（あの靴で会社に行ってるのだろうか。まあ、うちの会社もそうだけれど、マスコミ関係なら、あまりうるさく言われないかな。または会社でほかの靴に履き替えているのかもしれない。それにしても派手な靴だなあ）

悠也が靴を盗み見しているうちに、エレベーターは四階についた。彼女は悠也に軽く礼をし、ヒールを鳴らしながら降りていった。

自分の部屋に戻ると、悠也は冷蔵庫から缶ビールを取り出して喉に流し込んだ。ネクタイを緩め、冷房をつけ、缶ビール片手にソファに座り込む。悠也は、なんともムシャクシャした気分だった。不発の情欲というものが、そうさせるのだろうか。

悠也はビールを啜りながら部屋を見回し、ギョッとして缶を落としそうになった。床に垂れ落ちるほどに長いファックスが送られてきていたからだ。おそるおそる見ると、やはり奈緒子からだった。

『何度も電話しているのに、どうして出てくれないの？　お仕事が忙しいのかしら。健康にはくれぐれも注意してね！　今週末、遊びに行ってもいいでしょ？　悠也、栄養不足だと思うから、腕をふるうわ！　私、おふくろの味の肉じゃがとか、けっこう上手なのよ。楽しみにしててね……』

延々と続くメッセージを読んでいるうちに、悠也の額に冷や汗が滲んでくる。とても最後まで読む気になれず、彼はファックスを引きちぎると丸めて放り投げた。

寝苦しくて真夜中に目覚めると、隣の女の部屋から物音が聞こえてくる。男と戯れ、はしゃいでいるような艶やかな声だ。シャワーを流す音も響いてくる。

(風呂場でナニか励んでいるのかな)

一瞬その光景が瞼に浮かんだが、それを振り払うように悠也は咳払いをして寝返りを打つ。

暫くベッドの中でモゾモゾとしていたが、なかなか寝つけないので、一杯引っかけようと彼は起き上がった。

ブランデーをストレートで一口、二口飲みながら、ベッドサイドに置いた携帯電話が妙に気に掛かる。薄暗い部屋の中、シルバーの携帯電話は無機質に光っている。それを横目で見ながら、悠也のこめかみが微かに動く。

彼は思いきって携帯電話を摑み、着信履歴を見た。汗ばむ手のひらに、携帯電話のひんやりとした冷たさが伝わる。

「おい……」

悠也は思わず呻いた。着信音を消していたので気づかなかったが、夜中の一時から二時の間に、奈緒子から三度電話が掛かってきていた。悠也の額に汗が滲み、こめかみがいっそうヒクヒクと動く。

留守電にも伝言が何か残されていたが、悠也は聞かずに消去してしまった。否、恐ろしくて聞けなかったのだ。

隣の女の声は、ますます響いてくる。男の声も混じっている。雄と雌の淫らな戯れは、宴もたけなわのようだ。

悠也は携帯電話を放り、ブランデーを喉に流して頭を抱えた。

七月二十一日　ラブドール・エヴァ

「ねえ、もう少し待っててね。もうすぐ、肉じゃができるから」

エプロン姿の奈緒子が、悠也に声を掛ける。悠也は怪訝そうな目で、キッチンに立つ彼女を見た。悠也がファックスの返事をしなかったら、土曜日、奈緒子は勝手にマンションに押し掛けてきたのだ。本当は追い返したかったが、悠也は自分の気持ちを一度ハッキリ言ったほうがいいのかもしれないと思い、彼女を部屋に入れたのだった。

「はーい、できたわよ。いっぱい食べてね」

奈緒子は手料理をテーブルに並べ、満面の笑みで悠也に言う。彼女のシャープなスタイルにフリルがたくさんついたエプロンはまったく似合わず、悠也は思わず目を逸らした。

二人はテーブルを挟み、食事を始めた。悠也は言葉少なく、奈緒子が独りで喋り続ける。仕事のこと、友達のこと、どうでもいいような世間話を。

「……でね、その律子が結婚することになったのよ。相手は商社マンで、式は秋だって。交際二年で決めたそうよ。いいわよねえ、交際二年って、ちょうどいい頃だもん。お互い分かり合ってきた頃で、そうかと言って新鮮さも残っていて」

その時、悠也は無性に不快感が込み上げた。奈緒子の結婚を催促するようなお仕着せがましい態度と言葉が、彼は耐え難かった。悠也の中で、何かがプツリと音を立て切れた。彼は押し殺したような声で、静かに言った。

「……お願いだ。もうこういうの、やめてくれないかな」

奈緒子は箸《はし》を止め、悠也を見た。彼は顔を強張らせ、唇を微かに震わせている。悠也は先ほどからほとんど食べていなかった。水割りを一口飲み、彼は続けた。

「僕、結婚する気がないんだよ、誰とも。それは奈緒子だからというわけじゃない、ほかの誰ともだ。……奈緒子はキャリアウーマンだし、付き合い始めた頃から、僕のそういう気持ちを理解してくれてるとばかり思ってたんだ。でも最近、君はなんだか結婚に憧れてるみたいだから、一度ハッキリ言っておくね。僕は今のところ結婚する気は百パーセントない。……いいじゃん、今まで通り、大人の付き合いで。お互い好きなこととして、たまに会って、セックスを楽しんで。僕は奈緒子がほかにどんな男と付き合おうが、君を束縛する気はないよ。だから、君も僕を束縛しないでほしい。そういう関係が一番なんだって、男と女は」

悠也に「結婚する気はない」とハッキリ言われ、奈緒子は斜が掛かったように目の前が暗くなってゆく。

（この男は、いったい私に何を求めて、今まで付き合っていたのだろう。もしかして私の体……私の〝足〟だったのだろうか）

そんな思いが、彼女の胸を震わせる。少しの間の後、奈緒子は掠れる声で言った。

「そう……分かったわ。つまり悠也は、私を愛してないってことね。私、実はずっと不安だったの。付き合っていながら、私は本当に悠也に愛されているのかって。ずっと、ずっと不安だった……。そして、その不安は的中したってことよね」

奈緒子の話を聞きながら、悠也は頭を抱え込んだ。

愛、また愛か。なんで女は愛なんて陳腐な言葉を使いたがるんだろう。奈緒子も亜希も、こんなに完璧に美しい外見をしていながら、なんで愛なんて安っぽいことを言い出すんだ。

悠也は愛という言葉にうんざりしながら、投げやりに言った。

「うん、よく分からないけど、僕は自分のことしか愛してないんだな、きっと」

奈緒子は目眩を覚え、顔を両手で覆った。張り詰めた空気の中、二人は目を合わせることもなく無言のままだ。

重苦しい静寂の中、隣の女の部屋で電話が鳴る音が微かに聞こえる。携帯電話なのだろう、着信音のやけに明るいメロディがこの緊迫した空気には滑稽で、悠也をよけいに苛立たせる。電話に出られない状態なのか、置き忘れたまま外出しているのか、電話は繰り返し鳴り続け、彼の気分を激しく害した。悠也は「早く出ろ！」と壁に向かって怒鳴ってやりたかった。

この空気に居心地の悪さを感じながら、悠也は煙草を銜えた。そして煙を吐き出し、低い声で言った。

「ごめん。なんだか今夜はもう疲れた。帰ってくれないか」

奈緒子は悠也に何か言い返したかったが、胸がつかえて言葉が出ない。悲しみや情けなさや彼に対する怒りが複雑に入り混じり、テーブルをひっくり返してやりたかったが、グッと堪えた。奈緒子はうつむいたまま暫し考え、頷いた。

「ええ……分かったわ。今夜は帰ります」

彼女は消え入りそうな声でそう言うと、椅子を立ち上がり、テーブルの上を片づけようとした。

「あ、いいよ。このままで。僕が片づけるから」

早く帰ってくれとでも言うように、悠也が遮る。彼の冷たさが、奈緒子の心に突き刺さる。

彼女は悠也のことを、ずっと「心に決して溶けない氷塊を持ったような男」と思っていたが、それが本当だったと知る。

彼の氷塊で心を刺され、痛くて、奈緒子の目に涙が滲みそうになる。このまま彼の傍にいると泣いてしまいそうだったので、奈緒子は立ち去ることにした。

「じゃあ、後はお願いします」

彼女は蚊の鳴くような声で言うと、バッグを掴み悠也の部屋を飛び出た。

玄関のドアがバタンと勢い良く閉まる音がして、悠也は溜息をついた。奈緒子が消え、周りの空気が急に軽くなる。独りになってようやく居心地が良くなり、悠也は思いきり伸びをした。

「まったく、やってられないよなあ」

奈緒子が帰ってせいせいしながら、悠也はまた煙草を口に銜えた。


食事の後片づけをし、入浴を済ませると、悠也は一息ついた。ガウン姿でくつろぎながら、マーラーを聞き、シャンパンを飲む。彼には独りのこんな優雅な時間が必要なのだ。

気分が盛り上がってくると彼はクローゼットを開け、大切に仕舞っている大きな箱を取り出した。箱を見て、彼の目が妖しく光る。そして彼はその箱を持ち、寝室へと運んだ。

ベッドの上でその箱を開けると、中に入っていたのは「人形」だった。それも、本物の女性と間違うほどに巧妙に作られた人形だ。悠也は人形を見てニヤリを笑い、箱から丁寧に取り出すと、ベッドに置いてそっと抱き締めた。

「ああ……エヴァ、お前はなんて美しいんだ。艶のあるブロンドの髪、染み一つない滑らかな白い肌、長い睫毛、大きな瞳、高い鼻、赤い唇、形の良い上向きのバスト、細い体、そして長く綺麗な足。ああ、エヴァ、お前は完璧だ！　ムダなことは言わず、ムダな感情は持たず、ただひたすら美しい。人間の女なんか、お前に比べたらクズみたいなもんだ。『愛』とかなんとかワケの分からんことを言い出して、どんなに美人でもやがて衰え始める。贅肉がつき、皺ができ、腰が曲がってゆくんだ。でもエヴァ、お前は永久に、今の美しい姿のままだ。お前は何も言わずに、俺にその美しい足を差し出してくれる。お前は俺の天使だ……ああ……」

悠也はエヴァの全身を撫で回しながら、股間をいきり勃たせる。血の通わない、シリコン樹脂でできた肌のひんやりとした冷たさが、彼を高ぶらせるのだ。

悠也が「エヴァ」と呼んでいるこの人形は、ラブドールと言われる高級ダッチワイフだ。半年ほど前に購入し、彼は時折この人形で遊んでいた。足フェチの悠也はそれが高じて、美脚のフィギュアを使って自慰することを試したくなったのだ。それでどうせなら人間の女に限りなく近い人形にしようと、ラブドールを手に入れた。

インターネットの通販で一目惚れして買ったのだが、届いた人形は想像以上にリアルで、悠也は驚いた。完璧なまでに美しい人形に、彼は魅せられてしまったのだ。初めはおそるおそるだったが、悠也は次第に人形との足フェチプレイにハマっていった。奈緒子の足を楽しめない時にオナニー用に買ったつもりだったが、この頃ではエヴァの足のほうが彼のフェティシズムを満たしてくれるようになっていた。悠也がどんな変態的なことをしようと、人形なら怪訝な顔もせず、ただ微笑みを浮かべておとなしくしていてくれるからだ。

悠也はエヴァに純白の下着を着け、ストッキングを穿かせ、ベッドに腰掛けさせた。そして眺め回して、ウットリとする。まるで本物の女のようだ。否、本物の女より、ずっと美しい。悠也はエヴァの顔を撫で、満足げに溜息を漏らす。そして彼はエヴァに独り言のように語り掛けた。

「エヴァ、お前はボッティチェルリの絵に描かれたヴィーナスによく似ている。長い金髪に真珠のような白い肌、そして恥じらうような微笑。見事な美しさだ。……僕は、ボッティチェルリのあの絵でも、よく自慰をするんだ。貝殻から生まれ出たヴィーナスの、あの麗しい足に頬擦りしたいって思いながらね」

エヴァに見惚れながら、悠也のペニスは熱を帯びてゆく。彼は自分の美意識に適《かな》うものであれば、人間でなくても、靴でも果実でも絵でも人形でも、勃起するのであった。

悠也は箱からメイク道具を取り出し、エヴァに化粧をし始めた。美しい顔なのでメイクする必要もないのだが、悠也はエヴァについ構いたくなってしまうのだ。ブラウンのアイシャドーを瞼にぼかし、長い睫毛にマスカラを丁寧に塗ってやり、チークを叩《はた》いて頬をほんのり色づける。エヴァが自分の手でいっそう艶やかな表情になるのが、悠也は嬉しいのだ。仕上げに真紅のルージュを塗ってあげると、エヴァの顔はますます華やいだ。

「ああ……エヴァ。綺麗だ、本当に。フランス人形なんてメじゃないほど美しい。お前はまさにヴィーナスだ。……ああ」

悠也は切ない溜息を漏らしながら、エヴァの色づく唇へと口づける。シリコンでできた唇なのに、なぜかチェリーのように甘くて、彼は恍惚とした。ペニスがますます熱を帯びる。

エヴァの唇を堪能すると、悠也は跪き、足に戯れ始めた。ストッキングに包まれた人形の足を抱き締め、頬擦りする。長く細い足だが、シリコン特有の弾力があり、撫で回すだけで悠也の下半身は滾る。ストッキングのスベスベした滑らかな触り心地が、また堪らないのだ。

「ああ……エヴァ……ううん……」

ストッキングの上から、彼はエヴァの足を舐め回す。爪先をしゃぶりながら、悠也は恍惚として、いきり勃ったペニスを自ら少し扱いた。足を舐めながら自慰で達してもよかったが、すぐに射精してしまってはもったいないので、悠也は堪えた。

彼はエヴァのストッキングを脱がし、足に香水を軽くつけてやった。悠也の好きな、ランスタン・ド・ゲランの香りだ。

「甘く上品なマグノリアの花の香りは、お前にピッタリだ。エヴァ、お前が麗しすぎて、僕のペニスはもうこんなだよ……ほら」

悠也はそう言って、猛る肉棒をエヴァの美しい顔へと押し当てた。

「ああ……エヴァ……堪らない……うう っ」

エヴァの顔にペニスを擦りつけ、悠也は喘ぐ。ペニスの先から溢れる透明な液が、エヴァの色づく頬を汚した。

悠也は人形にすっかり欲情し、官能に悶えながら、この妖しく奇妙な遊戯に没頭する。彼は股間を猛らせながら、エヴァの足元に跪いた。そしてエヴァの足の爪にペディキュアを塗り始めた。小さな足を持ち、口紅と同じ真紅色のネイルエナメルを、一本一本丁寧に塗ってゆく。人形の爪を染めながら、悠也のペニスはますますいきり勃った。

「エヴァ……悩ましいよ。足の爪を、こんなに赤くして。お前はヴィーナスと娼婦、両方の顔を持っているんだね。だからお前と一緒にいると、僕はこんなに激しく勃起してしまうんだ。ああ……素敵だ」

悠也は堪らなくなって、エヴァの小さな足を自分のペニスの上に置き、手でギュッと押した。エヴァの足でペニスを踏みつけられているような気分になる。

「ああっ……気持ちいい……くううっ」

彼はエヴァの美しい足を猛るペニスに押しつけ、擦った。えも言われぬ快楽が、下半身の奥から込み上げる。強く押しつけて擦ると、乾ききれぬネイルエナメルが揺れ、ツーッと一すじ赤い液がペニスに垂れた。悠也のペニスがネイルエナメルで赤く染まる。

「あっ……なんてイヤらしい……あっ、あああっ！」

ネイルエナメルが垂れた自分のペニスを見ながら、悠也は激しく高ぶり、達してしまった。

「ううっ……ううううっ」

彼のペニスから迸る精液が、エヴァの小さな足を汚す。赤いネイルエナメルにも白濁液が降り掛かった。その美しくも淫らな光景に、悠也はいっそう強いエクスタシーを感じ、ペニスを痙攣させた。

悠也はエヴァについた精液をティッシュで拭い、ネイルエナメルが垂れた自分のペニスも丁寧に拭った。彼のエヴァに対する情欲は尽きることなく、一度達しても、エヴァの傍にいるだけでまたすぐに下半身が疼いてくるのだ。

悠也はエヴァをベッドに寝かせると、足を撫で回した。シリコン樹脂のプルプルと弾力のある手触りがなんとも心地良く、彼のペニスは猛る。太腿の間にペニスを挟んで、擦りつけてすぐにでも果ててしまいたいほどだ。

「エヴァ……ああ、可愛い。お前はなんて可愛いんだ……俺の望みをなんでも叶えてくれる……」

彼は目を血走らせ、エヴァを愛撫する。足を開かせると、限りなく本物の女性器に近い、シリコンでできた疑似ヴァギナもついている。笑顔のままヴァギナをさらけ出すエヴァに、悠也は激しく高ぶった。

「エヴァ、お前は猥褻だ。完璧なまでに美しく、完璧なヴァギナを持っている。本物の女性器よりもずっと高度な、シリコンヴァギナを。お前は男の欲望のためだけに、この世に存在するんだ。……否、僕の欲望のためだけにだ。ああ……感じる。感じるよ、エヴァ。お前のこのシリコンの肌の感触、堪らない……ううう っ」

悠也はエヴァに覆い被さり、太腿にペニスを擦りつける。堪らずに薄桃色の乳首を咥えるとゴムのような味がしたので、彼はちょっと顔を顰《しか》めた。そこで悠也は、人形が入っていた箱の中からラブシロップをも取り出した。ラブシロップとは、メープルシロップでできているので口の中に入っても害がなく、食べることができるラブローションだ。

彼はそのラブシロップを手に持ち、エヴァの体に垂らしてゆく。乳房、下腹、そして足全体……。悠也の寝室に、メープルとナッツが混ざり合ったような芳ばしい香りが漂う。

悠也はエヴァに再び覆い被さり、体を擦りつけ合った。

「ああ……ヌルヌルして……気持ちいい……ふうううっ」

シリコンの肌にラブシロップが滑り、体を重ね合わせているだけで快楽が込み上げてくる。エヴァの白い肌は、ラブシロップがまぶされて、ますます艶やかに輝いていた。

「ううっ……美味しい……うううっ」

悠也は呻きながら、エヴァの体を舐め回す。ラブシロップのおかげで、シリコン特有の味が消されて舐めやすい。悠也は、エヴァの弾力のあるしなやかな太腿を、心ゆくまでたっぷりと味わった。

完璧に美しい人形の足を舐めているだけで彼は強く興奮し、ペニスを怒張させる。手で足をまさぐりながら舐めているうちに、彼は我慢できなくなった。エヴァの太腿の間に猛るペニスを挟み、悠也は腰を激しく動かし始めた。

「ああっ……感じる……エヴァ……うううっ……すごい……太腿でチンチン挟んで……イヤらしい……くうううっ」

シリコンでできた弾力ある太腿でペニスを擦られ、悠也は極度に高ぶる。我を忘れて目を血走らせ、唇に涎を浮かべた悠也にも、エヴァは寛大だ。どんなことをされても、人形のエヴァは変わらぬ美しい笑顔のままだ。

悠也は鼻息荒くエヴァの乳首を噛み、腰をメチャメチャに動かして太腿にペニスを擦りつける。彼のペニスは、人間の女を相手にする時よりも、ずっと勢い良くそそり勃つ。奈緒子が見たら悔しくて歯軋《はぎし》りしそうなほどだ。エヴァを相手に、悠也のペニスは馬並みに膨れ上がっていた。

「エヴァ……ほら、ぶち込むよ。お前の猥褻なオマンコに、僕のぶっといオチンチンを。ほら……うううううっ」

悠也はエヴァの細い腰を摑むと、股の間に腰を落とし、シリコンヴァギナにゆっくりとペニスを挿入していった。弾力のあるプルプルとしたヴァギナに、ペニスが呑み込まれてゆく。

「あああっ……くううっ……すごい……ぐううっっ」

堪えきれず、悠也が歯を食いしばって喘ぐ。エヴァの高性能のヴァギナは、ペニスを奥まで呑み込むと、自動的に蠢き始める。それはまさに電動オナホールで、ペニスを締めつけ、キュッキュッと扱き上げるのだ。

「ああ……エヴァ……エヴァ……うううっっ」

悠也は快楽の涎で唇を濡らし、思うがままに腰を激しく動かす。

「ふううっ……はあああっ」

電動のヴァギナはペニスを三段締めする。亀頭を揉むように締めつけ、竿の真ん中を握るように締めつけ、根元を輪ゴムで縛るように締めつける。それを緩やかなリズムで繰り返され、果てしない快楽に、悠也の頭は真っ白になってゆく。

極上のヴァギナで男を蕩けさせながら、エヴァは愛らしい笑顔のままだ。美しい顔と、卑猥なまでに高性能なヴァギナとのギャップが、悠也をいっそう高ぶらせる。シリコンヴァギナで三段締めされて、彼は堪えきれずに精液を少し漏らしてしまった。

「ぐううっ……あああっ！　すごい……ああっ……ああ――っ！」

悠也が絶叫する。シリコンヴァギナが、いっそう強くペニスを締めつけ、フル回転して扱き始めたのだ。まるでヴァギナの中に手がついていて、その手でペニスを摑まれてゴシゴシと扱かれるようだ。

激しすぎる快楽に、悠也は下半身だけでなく脳までが痺れてゆく。彼はエヴァの完璧に整った美しい顔を見ながら、込み上げる欲望に任せて腰をメチャメチャに打ちつけた。エヴァのシリコンヴァギナは、悠也のペニスを咥え込んで離さない。

「ぐううう……エヴァ……お前は最高に……美しい……うううっ」

悠也はシリコンヴァギナの中で、精液を飛び散らせた。ドクドクと脈を打ち、彼のペニスから白濁液が流れ出る。悠也は射精が終わるまで、汗ばむ肌を人形の肌に重ね合わせ、じっとしていた。悠也の狂おしい欲情の嵐が治まるまで、エヴァは涼しげな笑顔のまま、天井をずっと見ていた。

七月二十五日　奈緒子の反省

悠也にハッキリ言われて彼の気持ちが分かったのか、奈緒子はしつこいことをしなくなった。ファックスも送ってこなくなったし、電話もメールも暫くなくて、悠也はホッとしていた。

しかし、あの日から四日経った今日、奈緒子からメールが届いた。

「あれから反省し、頭を冷やしました。悠也に相応《ふさわ》しい、大人の女になります。悠也が望むように大人の付き合いでいいから、また私と会ってくれますか？　私も割り切ることにしました。もう、ワガママ言わないわ。悠也と一緒に、妖しい時を過ごしたいな。金曜の夜、部屋に行ってもいい？　足フェチプレイを思いきり愉しみたい気分なの……」

色香溢れる文面に、悠也は思わず唾を呑む。奈緒子の美脚を思い出したからだ。

（あの夜、正直な気持ちをハッキリ言ってよかったな。奈緒子もずいぶん物分かりが良くなったじゃないか。やっぱり奈緒子は利口な女だ。『足フェチプレイを思いきり愉しみたい』なんて……そそることを言ってくれるじゃないか。エヴァのシリコン足もよいが、たまには血の通った足も味わってみたいからな……）

悠也はニヤリと笑い、奈緒子に電話を掛けた。メールで返事を打つのが面倒だったからだ。

七月二十七日　メロンとハイヒール

「ねえ、見て。似合うかしら、この格好」

奈緒子は悠也の前に立ち、微笑んだ。スリットが腰にまで深く入ったチャイナドレスに身を包んだ彼女は、前とは別人のような妖気を漂わせている。悠也は思わず顔をほころばせた。

「とても素敵だ。似合うよ。黒地に牡丹《ぼたん》柄のチャイナドレスか。君の白い肌とスタイルの良さが際立つな。深いスリットから美脚がチラチラと覗くというのが、堪らない。いい女だ。それでこそ奈緒子だよ」

悠也に褒められ、奈緒子は美脚を見せつけるように悩ましいポーズを取る。彼女が細い足首につけたプラチナのアンクレット、そして黒いエナメルのハイヒールが、またそそる。奈緒子の足はやはり魅力的で、悠也は彼女が心を入れ替えてくれて良かったと真に思った。

「もう結婚なんて野暮なことは言わないわ。割り切った、大人の関係を愉しみましょう。

……こんな暑い夏の夜は、うんと刺激的なことがしたいわ。ね、あなたもそうでしょう?」

奈緒子は微笑みを浮かべ、ソファに腰掛けた悠也へ足を伸ばす。そしてヒールの先で、彼の股間をそっと踏みつけた。

「ああっ……」

ヒールがペニスに食い込み、甘痒《あまがゆ》い官能に悠也は目を潤ませる。深いスリットからチラチラと見える奈緒子の美脚が、また彼の劣情を煽る。悠也は思わず彼女の足に手を伸ばし、脹ら脛に触れた。

(生身の女の肌は、感触といい温もりといい、やはり人形とは違うな。どちらも気持ち良いが、生身の女もたまにはいいものだ。よけいなことさえ言わなければね。……ふふ)

悠也は心の中でそんなことを思いながら、奈緒子の足を撫で回した。ヒールで踏まれ、彼のペニスはズボンの中ですでにいきり勃っている。

「なによ、もうこんなに大きくしちゃって。靴で踏まれて勃起するなんて……悪いコね」

奈緒子はそう言いながら、グリグリとペニスを押し潰す。今夜、彼女はよほど淫らな気分なのだろう。やけに攻撃的で、エロティックな時間を自ら貪欲に愉しもうとしているように見える。そしてそんな奈緒子の発情感が悠也にも伝わり、彼の下半身もいつも以上に滾っていた。

「ああ……気持ちいいよ……奈緒子……やっぱり君の足は……最高だ……うううっ」

ペニスを怒張させ、悠也が喘ぐ。彼のズボンにまでカウパー液が染みていた。

悶える悠也を見ながら、奈緒子は目を爛々《らんらん》と光らせる。そして尖ったヒールの先で、彼のペニスを思いきり踏み潰した。

「うわあああっ！　痛い！　こ……これは痛いよ！　くうううっっ……」

悠也は叫び声を上げ、奈緒子の太腿を両手で掴む。しかし彼女は目を微かに血走らせ、悠也の股間を踏み潰し続けた。

「ほら、ほら！　痛い？　大丈夫よ、本当に潰さない程度にしてあげるから！　ほら、足でイジメられるのが好きなんでしょう？　ほら、ほら！」

そう言いながら、奈緒子は悠也のペニスにヒールの先をグリグリと突き立てる。眠っていたSッ気が迸り出たかのように、奈緒子は喜々として彼を責めた。ペニスに血が滲みそうなほどの痛みに、悠也はついに限界にきた。

「やめろ！　やめろよ！　痛い、マジで痛いって！」

悠也は怒鳴り、奈緒子の足を思いきり突き飛ばした。彼女はバランスを崩して床に倒れ込む。セミロングの黒髪を乱し、肩で息をしながら、奈緒子は謝った。

「ごめんなさい。……エキサイトしすぎちゃった。なんだかすごく淫らな気分なのよ、今夜は」

そう言って、彼女は唇をそっと舐める。今夜の奈緒子はサディスティックだが、妙に艶めかしくて、悠也は思わず唾を呑む。素直に謝られて、彼は奈緒子を許した。

「まあ、興奮すると荒々しくなってしまうというのは分かるけれどね。……でも、今のは本当に痛かった。怪我するほどではないけれど」

「ええ、本当にごめんなさい。……じゃあ、ロマンティックなことをしましょう。私、メロンを買ってきたから、それを使って足フェチプレイをしましょうよ。この間はイチジクだったから、メロンでするのよ！　切ったメロンの実を、私が足で踏み潰すの。そしてメロンの果肉と果汁にまみれた私の足を、あなたが舐めるの。どう、それ？　やってみない？」

奈緒子の提案で、悠也の顔に笑みが戻る。

「いいね、それ。楽しそうだ。是非やってみたいな。メロンっていうのも、ねっとりとしてエロティックだものね」

「じゃあ、早速しましょう。ちょっと待ってて、私、メロンを切ってくるわ」

奈緒子は微笑みながらそう言い、キッチンへ行く。冷蔵庫からメロンを取り出し、包丁を持って切り始めた。

彼女が支度をしている間、悠也はソファに腰掛け、ズボンの中を覗いてペニスが傷ついていないかどうか確かめていた。痛かったわりに、血も出ていないし、腫れてもいない。悠也が安心して顔を上げると、奈緒子が傍に立っていた。笑顔で手を後ろに組んでいる。

「どうした？　メロンは？」

悠也が訊ねる。奈緒子は何も言わず、笑みを浮かべたままだ。キッチンから、メロンの甘い香りが漂ってくる。

奈緒子は黙ったまま、微笑んでいる。でも、彼女の目は笑っていない。悠也はふと怖くなる。彼女の作り笑いとメロンの香りが、恐怖をいっそう募らせる。でも、彼は金縛りに遭ったように身動きができない。

「悠也……お前、女をなんだと思ってるのよ」

押し殺したような声で言い、奈緒子が一歩、二歩と近づいてくる。メロンの香りも近づいてくる。悠也はようやくソファから立ち上がる。逃がしはせぬと、奈緒子が後ろ手に持っていた包丁を振りかざす。

笑顔から般若《はんにゃ》のような形相になる。

奈緒子はチャイナドレスを翻し、太腿も露わに、悠也に飛び掛かる。メロンを切ったばかりの包丁の香りが、彼の鼻をかすめる。

その時だった。チャイナドレスの長い裾を、奈緒子はハイヒールで踏みつけてしまった。

包丁を振りかざしたまま、バランスが崩れる。悠也の下腹を目指して刺すつもりが、少々ズレる。しかしメロン汁がついた包丁は、悠也の体を傷つけた。

「いてえええええっっっ！」

第三章

水沢マリの部屋

七月十二日　エロティック・フルーツ

マリは、うんざりしていた。カード会社から届いた請求書を見ながら、溜息をつく。今月も大赤字、はっきり言って火の車の状態だ。

ブランド品はすべて分割で買っているが、それだけでも月十万の支払いになる。マンションの家賃、食費や光熱費など生活費を払わなければならず、それに加えて海外旅行などの娯楽費が家計を圧迫しているのだ。

マリは外資系のメーカーに勤めているので、給料は同年代のOLよりも良い。二十六歳にしては多くもらっているほうだろう。しかし彼女は浪費家だ。ブランド漁《あさ》り、旅行代、エステ代のほか、なんと言ってもホストクラブ代が祟《たた》って、消費者金融三社に限度額いっぱいの借り入れがある。借金の額が多すぎて、毎月利子を払うだけで精一杯で、なかなか返済できないという状態になってしまっているのだ。

（あーあ、またどこかの消費者金融から借りなきゃなあ。手続きするの面倒だけど）

マリは再び大きな溜息をつき、チェリーコークを喉に流し込む。借金を返すために、ほかの金融会社からまた金を借りようとしているのだ。マリは無限ループの借金地獄に落ちつつある。最悪だ。

座椅子に座って、マリは部屋を見回した。彼女が借りてるワンルームは、このマンションでは一番安い部屋だが、それでも月十万は優に超える。

（やっぱり、もう少し安いとこに引っ越したほうがいいかなあ。ブランド品とホスト遊びはやめられないから、そうすると家賃を切りつめるのが一番なんだよな……）

見栄っ張りのマリは「麻布に住んでる」というステイタスがほしくて、このマンションを選んだのだが、浪費が祟って家賃を払うのも苦しくなってきたのだ。

マリの部屋は、まるで彼女の性格が表れているかのように、雑然としている。雑誌やDVDがあちこちに散らばり、脱ぎ捨てた服がベッドの上に置いてある。マリは整理整頓が苦手だった。

（引っ越しも面倒なんだよな。それに、なんだかんだ言って、このマンション気に入ってるし。ここに住んでるっていうと、会社でも羨《うらや》ましがられるのよね。だから、無理してでもやっぱりこのマンションにいたいなあ……）

金が苦しいこの状況を考えれば考えるほど気が滅入ってくるので、マリは気分転換しようと思った。冷蔵庫からケーキの箱とゴディバのチョコレートトリキュールを取り出し、持ってくる。イチゴ、オレンジ、ピーチ、キウイ……色とりどりのフルーツがのった見目麗しいタルトに、マリは舌なめずりした。生クリームがたっぷり掛かったイチゴをフォークで掬《すく》い、頬張る。

「うん……美味しい！　やっぱり『キルフェボン』のケーキは最高！　舌が蕩けそうなほど甘くて……イヤなことも、忘れられるわ。そう、どうにかなるわよ、人生なんて。どうにかなるわ……」

マリは独り言を呟きながら、タルトをムシャムシャと食べる。甘党の彼女はケーキが大好物で、お腹いっぱい食べることがストレス発散になるのだ。彼女はタルト一個を夢中で食べ終え、口元についた生クリームを舐め取ると、チョコレートリキュールをミルクで割って喉に流し込んだ。

「ああん……美味しい……最高だわ」

口の中だけでなく、全身が甘くなってゆくような気がして、マリは恍惚とする。美容や健康に悪いと分かっていながら、彼女はケーキの大食いをやめられない。マリはタルトを二個、三個と次々に平らげてゆく。生クリームにまみれたフルーツが胃に滑り落ちてゆく快感に、マリはウットリと目を細める。

彼女の今日の夕食は、フルーツタルト四つだ。甘いものさえ食べていれば、マリは米も魚も肉も野菜もいらないのだ。今日の朝食はマーマレードをたっぷり塗ったトースト一枚で、昼食は会社近くのレストランの大盛りチョコレートパフェだった。おやつはスターバックスのキャラメルフラペチーノにブラウニーで、酒も甘いものしか受けつけない。

こんな食生活をしていても、彼女はなぜか病気もしないし、肥満にもならない。だからますます調子に乗って、甘いものを食べ続ける。日々のケーキ代も馬鹿にはならないのであるが。

「ふう。美味しかった。ごちそうさま」

マリはケーキを食べ終え、チョコレートリキュールのミルク割りを飲みながら、満足げに呟いた。蕩ける甘味が頭にまで廻ってしまったのか、彼女は借金のことなどすっかり忘れていた。

（明日の夜は輝一郎に会いに行かなくちゃならないから、お風呂入って体磨いて、早く寝ようっと。そうだ、明日は金曜だから、輝一郎のお客さんがたくさんくるわね。シャンパンでも注文して、目立ってやろう！　『輝一郎には私っていう上客がいるのよ』って、ライバルたちを牽制《けんせい》しなくちゃ。……だって、ゆくゆくは、輝一郎を私だけのものにするつもりだし）

ホストの輝一郎のことを考え、マリの心が熱くなる。彼女はなんだか急にヤル気になり、座椅子から立ち上がると天井に向かって大きく伸びをした。

マリはベッドに潜り込み、携帯電話を開けて保存している輝一郎の写真をモニターに映した。サラサラの茶色い長髪に、ほっそりとした浅黒い顔。片耳にピアスをつけ、黒いスーツを着ている彼は、いかにも「ホスト」という風情だ。マリは、輝一郎の美しい顔を見ているだけで堪らなくなってくる。

「ああん……輝一郎……早く会ってエッチしたいよお。この前みたいに、私のこと、メチャメチャにして……」

彼の顔写真を見ながら、先日のセックスを思い出し、マリは秘肉を疼かせる。マリは携帯電話を左手で持ち、右手を寝間着の胸元にそっとしのばせた。乳首はすでに勃ってしまっている。

「輝一郎……うううんっ」

携帯のモニターに映る彼の顔写真を見つめ、マリは乳首を弄る。長く伸びた乳首を摘んで引っ張り、擦る。乳首の快楽が下半身へと伝わり、秘肉に蜜が滴る。股間が疼いて仕方がないので、マリは太腿を擦り合わせた。

輝一郎に出逢って貢ぐようになって半年、寝たのは二回だけだが、マリは彼に骨抜きにされていた。さすが売れっ子ホストと言うべきか、輝一郎は女を精神的にも肉体的にも悦ばせる術《すべ》というものを心得ていた。会話が巧く、エスコート上手で、女をいい気分にさせる。そしてベッドの上でもタフでテクニシャンだった。

マリが彼と初めて寝たのは二カ月前だ。その夜、彼女はホストクラブで二十万を使ったのだ。高価なボトルを入れ、フルーツの盛り合わせを注文し、輝一郎のために大盤振る舞いした。そして店が終わった後、マリは輝一郎に抱いて「もらった」。輝一郎は彼女の耳元で囁いた。「今日は俺のためにありがとう。これからも応援よろしくね」。マリは彼の腕の中、快楽の余韻に浸りながら、うっとりとした顔で頷いた。

二度目にセックスしたのは、それから一カ月ほど経ってからだった。その間、マリはホストクラブで金をかなり使った。「どうもありがとう。御褒美あげるよ」、輝一郎はそう言って、マリを抱いた。彼にねだられ、その時マリはウェスティンホテルの部屋を取ってやった。部屋代も馬鹿にならず、こうしてマリの出費はどんどん増えていった。

彼とのセックスの間、マリは快楽に溺れて何もかもを忘れるが、その後で酷い虚しさに襲われることもあった。でも、マリは輝一郎との関係を終わらせることができないのだ。「ホストと客の関係」と頭では理解しているのだが、心のどこかでマリは彼に頼っていた。放っておかれると不安で堪らなくてイライラするけれど、輝一郎からの一度の電話やメールで機嫌はすぐに良くなる。輝一郎の笑顔を見ると、マリは彼の百の嘘も許してあげようと思ってしまうのだ。

マリはなかなか、この「恋愛中毒気質」を変えられない。ホストクラブに通うようになったのも、彼女のこの性格が災いして失恋したことがきっかけだった。常に誰かを好きになって追い掛け回して、一緒の時はよいが独りになると猛烈な寂しさに襲われ、それでまた追い掛け回して、「しつこい」と嫌われてフラれてしまうというのが、マリのいつものパターンだ。

輝一郎は失恋したばかりのマリを、優しく慰めてくれた。傷心の彼女は、美青年の甘い言葉に舞い上がってしまったのだ。そしてホストクラブ通いが始まった。

マリは信じていた。ベッドの中、彼が囁いた「あと一年ホストをして金をガッチリ貯めたら、ほかの仕事に移るよ。そうしたら本気で付き合おう。だから、それまで応援よろしくね」という言葉を。もし信じなくなったら、自分の中で何かが壊れてしまいそうだったからだ。マリはあたかも怪しい新興宗教の信者のように、藁《わら》にもすがるつもりで輝一郎を信じていた。借金ばかりが増え、部屋で独りになった時に酷い孤独に襲われようと。

「ああん……輝一郎……メチャメチャにして……私を壊して……あああっっ」

マリは彼のペニスの感触を思い出しながら、自慰に没頭してゆく。輝一郎に会っている時と、セックスをしている時と、自慰に耽っている時と、甘いものを食べている時が、彼女が現実の憂さをなにもかも忘れられる時なのだ。マリは輝一郎の顔写真を見ながら秘肉を疼かせ女陰を濡らし、乳首を突起させた。弾力ある豊かな乳房を自ら鷲掴みにし、揉んだ。輝一郎の荒々しい愛撫が蘇り、秘肉がいっそう感じる。肌がじんわりと汗ばんでゆく。

暑いのでマリは寝間着を脱ぎ、Tバック一枚になった。鮮やかなコバルトブルーの下着は、マリのむっちりとした尻に食い込んでいる。指でTバックをそっとなぞってみると、もう充分に愛液が染みていた。マリはベッドの下の引き出しからピンクローターを取り出し、下着の上からクリトリスに当てて、スイッチを入れた。ローターが振動し、蕾が刺激され、下半身に堪らない快楽が広がる。

「あああんんっ……ふううっ……気持ちいい……あああっっ」

マリはTバックを食い込ませながら、ローターでクリトリスを嬲った。幾本もの指で蕾を激しく弄り回されるようで、あまり気持ち良くてすぐにイッてしまいそうだ。乳首がますますピンと突起する。マリはベッドの上で足を大きく広げ、ローター遊びに陶酔する。

「輝一郎……早くう……早く、私をイジメてよお……ううんんっ……あああっ」

彼の顔写真を見ながら蕾にローターを押し当てていると、下半身にエクスタシーがグググッと込み上げ、マリはたちまちイッてしまった。

「ああん……あああ——っ」

Tバック一枚の悩ましい姿で、マリは身を震わせて悶える。強いオルガスムスに、体の芯まで蕩けてしまいそうだ。Tバックの中、クリトリスがピクピクと脈を打って痙攣し、女陰が滑りながら伸縮する。マリのむっちりとした小麦色の肉体は、淫靡な快楽を嚙み締め、艶めかしい匂いを放っていた。

ベットリと濡れた下着を脱ぎ捨て、マリは貪欲に自慰を続けた。一度イッたぐらいでは、物足りないのだ。彼女はドロドロになるまで、オナニーに狂いたかった。

今度はバイブレーターを取り出し、マリはそれで遊び始めた。インターネットの通販で買った、ピンクキャンディという可愛らしい名前のバイブだ。でも太く長く、猥褻な蠢きをしてくれる。マリはバイブを見ただけで堪らず、秘肉からさらに蜜を溢れさせる。

「ああん……美味しい……大きくて……ううん」

マリは身をくねらせながら、手にしたバイブを舐め回す。迸る愛液が、太腿にまで垂れる。なんて淫らなことをしているのだろうという思いが、彼女をますます高ぶらせるのだ。バイブを早く咥え込みたくて、秘肉が痛いほど疼いてしまう。

「ああっ……乳首も感じちゃう……ふううっ」

彼女は手に持ったバイブを徐々に滑らせ、乳首に押し当てスイッチを入れる。振動が伝わり、乳首はますます卑猥に突起してゆく。乳首の痛痒い快楽が下半身に伝わり、マリの赤貝はいっそう汁を垂らす。マリは大股開きで陰毛をさらけ出し、自慰に陶酔した。うねるバイブを見ているうちに、挿れたくて挿れたくて堪らなくなったので、マリは花びらに押し当て、徐々に差し込んでいった。太く長く逞しいものが、愛液の滴る女陰へとズブズブと埋め込まれてゆく。

「あああっ……ああ――――ん」

二十センチのバイブを奥まで呑み込み、マリは身をブルッと震わせた。この異物感が、熟れた秘肉に心地良くて堪らないのだ。バイブを咥え込んだまま、マリはベッドの上で悩ましく身をくねらせた。パパイアのような乳房が淫らに揺れる。

彼女は小麦色の肌に汗を滴らせ、すべてを忘れ、快楽に溺れる。ピンクローターで一度達しているので、秘肉はよくほぐれ、バイブで弄りやすかった。マリは左手で携帯電話を持って輝一郎の写真を見ながら、右手で摑んだバイブで秘肉をえぐった。

「ああ――っ、輝一郎……挿れて……ああっ……ブチ込んで……あなたの……あああっっ……ああ――――っ！」

顔写真を見ていると、彼のペニスを本当に挿れられているような気分になり、マリは極度に興奮した。右手を激しく動かし、爛れた秘肉をバイブで掻き回す。

「くううっ……あっ……そこ……」

先端の大きなところがGスポットに当たり、マリは思わず歯を食いしばった。あまりに強い官能が込み上げ、小水を漏らしてしまいそうだ。バイブの先端をGスポットに当てたまま、マリはスイッチを入れた。バイブがうねるように動き始め、グイングインと奥まで振動が伝わってゆく。秘肉が掻き乱されるようだ。物狂おしいほどの快楽に、マリは唇に涎を浮かべて激しく喘いだ。

「ああっ……はああっ……すごい……あああっっ」

彼女の左手から携帯電話が滑り落ちる。全身に官能が駆けめぐり、持っていられないのだ。クリトリスバイブもついているので、蕾も同時に刺激される。秘肉と蕾を一緒に掻き乱され、マリは頭が真っ白になり意識が遠のきそうになる。彼女はスイッチを動かし、振動を最強にした。

「くううっっっ」

唇を噛み締め、マリは快楽を堪える。バイブが蠢き、秘肉の奥までこねくり回されるようだ。Gスポットのみならず、膣の奥深く子宮口にあるボルチオ性感帯まで刺激され、マリは思わず潮を吹いてしまった。サラリとした透明な液体が、バイブを持つ手に降り掛かる。でも快楽の渦に呑み込まれているマリは、潮を吹いたことに気づかなかった。

「ああん……助けて……あああっっ」

うねるバイブに秘肉の奥まで掻き回され、クリトリスも凄い振動で嬲られ、マリは呆気《あっけ》なく達してしまった。ググとうねるような快楽の波がマリの下半身を痺れさせる。

「ふううう……ううううんっ」

マリの女陰はバイブを咥え込んだままヒクヒクと痙攣し、蕾は芽吹いてプックリと赤く膨らんでいた。

「ああん……輝一郎……好き……」

マリはバイブを抜き取ると、携帯電話を再び摑み、彼の顔写真が映っているモニターを痙攣する秘肉へと押し当てた。彼女の秘肉はいっそう蠢き、迸る愛液がモニターを濡らした。

二度達しても、マリの欲情は治まらなかった。ドロドロに壊れて蕩けてしまいたいかのように、彼女は快楽を貪った。マリのむっちりとした肉体からは、好きもの女の淫らなエロティシズムが発散され、ワンルームの部屋の空気を猥褻な色に染めている。

マリは鏡の前に立ち、全裸の自分を映した。GWにハワイに旅行したので、水着の跡がまだ残っている。小麦色の肌に残る白いビキニの跡は、妙に艶めかしい。たわわに実ったパパイアのような乳房を抱え、マリは鏡に向かって微笑んだ。

ビヨンセの曲を静かに流しながら、マリは鏡の前に座り込み、ゆっくりと足を開いてゆく。太腿の奥、濃い繁みが見える。マリはこの淫らな遊戯に興奮し、大股開きをした。鏡に、自分の女陰が映る。

「ああん……いやらしい……」

繁みに縁取られ、女陰がパクリと口を開けている。マリは手で花びらをそっと押し広げる。赤貝のような秘肉が、ヌメヌメと伸縮しながら、淫らな汁を滴らせていた。

マリは鏡に映る自分の痴態に興奮し、女陰を思わず弄ってしまう。右手でクリトリスを揉みながら、左手の中指を花びらの中に突っ込む。

「ううう っ……あああん」

バイブを挿入した後なので、指一本では物足りない。ただ、くすぐったいだけだ。マリは中指と人差し指の二本を挿れて、ゆっくりと掻き回した。生暖かい肉壺の中、肉襞がねっとりと指に絡みついてくる。

マリは鏡の前で自慰しながら、激しく高ぶった。クリトリスを擦り、赤貝のような秘肉に指を入れたり出したりして、快楽を貪っているのだ。自分はなんて猥褻な女なのだろうという思いが、彼女をいっそう興奮させる。マリは秘部を弄り回して、すぐにまた達してしまいそうだった。ビヨンセの艶やかな歌声が、エロティックなムードを高める。

マリはイクのを我慢して、キッチンからあるものを持ってきた。いちごミルク味のラブシロップだ。バイブを買う時、一緒に注文したのだ。蓋を開けると、イチゴのみずみずしく甘い香りが漂い、マリの官能はさらに高ぶる。

彼女は鏡の前に座り直し、自分の体にラブシロップを垂らし始めた。冷蔵庫に入れていたので、ひんやりとトロリとした感触が堪らなく心地良い。フローリングの床なので、ローションがついても心配はない。マリは恍惚としながら、ローションまみれになった。イチゴの香りのする蕩ける液体が、マリの体を滑らせる。

「ああん……気持ちいい……」

マリはうっとりとして、全身にラブシロップを塗り込んでゆく。鏡に映る彼女の体は、ローションで光り輝いて、ますます淫らなフェロモンを放っている。マリは果てしなく欲情しながら、ローションを塗った体を、自ら舐める。いちごミルクの甘い味が、堪らない。マリは夢中で腕を舐め、手を舐め、乳房を持ち上げて胸元を舐める。

「甘い……ああ、甘くて……感じる……ああん」

いちごミルクの味が、彼女の性感を強く刺激し、脳まで蕩けさせる。マリは狂おしいほどに悶え、ラブシロップを女陰に擦りつける。秘肉といちごミルクの香りが混ざり合い、甘い腐臭がマリの股間から漂った。マリは秘部にラブシロップをたっぷりと塗った。

マリは鏡に向かって大股を開き、まずはアメリカンチェリーで秘部を弄び始めた。さっきキッチンから、ラブシロップと一緒に持ってきたのだ。赤黒いアメリカンチェリーは秘肉の色艶とよく合っていて、視覚の効果でマリはさらに欲情してゆく。

「ああん……チェリー、いやらしい……」

マリは細い指でチェリーを持ち、クリトリスに転がして擦る。さくらんぼの蜜のようにコクのある液体が、彼女の花びらから湧き立ってくる。マリは鏡を見ながら、アメリカンチェリーに蜜を絡ませ、秘肉の奥へと押し挿れる。

「ううんっ……はああっ」

ラブシロップで滑る赫い秘肉が、赤黒いアメリカンチェリーをツルリと呑み込む。指でヘタを摘んで、花びらにゆっくりとチェリーを出し挿れすると、果実と同じ色の秘肉がめくれて見える。いちごミルクとチェリーの匂いが混ざり合い、股間から仄かに漂う。マリはますます高ぶり、アメリカンチェリーで秘部を弄び、快楽を貪った。クリトリスもチェリーのように膨らみ、艶やかに実る。

マリは秘肉からアメリカンチェリーを抜き取ると、蜜と愛液で濡れ光るそれを見て、淫靡な笑みを浮かべた。チェリーをスッポンと抜き取った時、マリはなんだかウズラの卵を産んだような気分になり、その猥褻感で乳首がますます突起した。

「美味しい……ああん」

何度も秘肉に出し挿れし、クリトリスにも転がしたチェリーを、マリは頬張った。果実の味と、愛液の味が混ざり合い、蕩け合って、とめどない官能を呼び起こす。マリは唇を濡らしながらチェリーを嚙み締め、秘肉を果実色に染めた。マリの口の中でチェリーが嚙まれてグチュグチュになるにつれ、彼女の果肉も熟して爛れてグチュグチュになる。

マリの果肉はチェリーの残り香を漂わせながら、いっそう蕩ける。そして、もっと大きい実を咥えたがった。

彼女は、キッチンから持ってきたもう一つの果実を手に持った。それはバナナだった。マリはバナナの皮を剝きながら、妖しく笑い、舌なめずりする。ニョキッと伸びた黄色い実は、やけに淫靡だ。

マリはバナナの実にコンドームを被せ、花びらにも再びローションをたっぷり塗《まぶ》した。そしてバナナを花びらへと押し当て、ゆっくりと女陰へ挿入してゆく。

「ああん……すごい……チェリーより、やっぱり大きくて……美味しい……いやらしい……ううううんっ」

サーモンピンクの花びらが、黄色いバナナを吞み込んでゆく。食べ物を秘肉に埋め込んでいるという猥褻感が、マリをいっそう高ぶらせるのだ。バナナを奥まで挿れると、マリの体に甘い戦慄《せんりつ》が走った。鏡に映った、バナナを秘肉に突き刺した自分の姿を見て、マリは込み上げる官能で恍惚とした。

バナナで秘肉を掻き回しながら、マリは狂おしい思いになり、床に寝そべって身をくねらせた。

「ああん……いやらしい……なんて、いやらしいの……こんなことをして……私は雌豚よ……雌豚だわ……あああんんっ」

マリはラブシロップを塗った左腕を舐めながら、右手にバナナを持って女陰をメチャクチャにえぐる。マリの膣はよく締まるので、バナナは次第に崩れてゆく。

「ああん……グチュグチュになっちゃった」

バナナを膣から抜き取り、マリが悩ましい声を出す。マリは薄笑みを浮かべながら、バナナをコンドームから取り出した。そして、今度は崩れたバナナを体に擦りつけ始めた。

「グチュグチュ……あああんっ……グチュグチュ」

マリは潰れたバナナを、パパイアみたいな乳房に擦り込み、身悶える。「グチュグチュ」の果実の感触と、甘い香りが、彼女の性感を強く刺激するのだ。マリは体に塗りつけながら、手についたバナナを貪る。

「甘い……ああん……甘い……はあああっ」

バナナのまったりとした食感と味が、彼女をいっそう悶えさせる。フローリングの床を転がりながら、マリはバナナと戯れる。彼女はアナルにまで潰れたバナナを擦り込み、恍惚とした。

「あぁっ……私は雌豚……猥褻な雌豚……うううん……感じちゃう……ふううっ」

マリは鏡の前で四つん這いになり、指でアナルを弄り回す。そしてバナナで滑るアナルに、指を突っ込む。膣とはまた違った快楽に、彼女は身をくねらせて悦ぶ。マリは四つん這いのまま、今度はアナルバイブをゆっくりと肛門に挿入した。

「はああっ……」

アナルが感じるマリは、乳首を勃たせて身悶える。バイブの振動に合わせて、悩ましく腰を振った。

マリはそのままうつ伏せになり、アナルにバイブを挿れたまま、クリトリスを指で擦り始めた。めくるめく官能で、いちごミルクとバナナの香りが蕩け合う中、達してしまいたくなったのだ。

「ああん……イク……イキそう……あああっ」

バイブの振動でアナルがじんわりと熱くなり、その快楽が秘肉にも伝わり、相乗効果の快感になってゆく。マリはうつ伏せのまま、床についたラブシロップやバナナの滓《かす》を舐め、クリトリスを夢中で弄った。

甘い味、甘い官能、甘いオルガスムス。

バイブをアナルに挿れたまま、マリはクリトリスを擦って、指を女陰に出し入れする。やがて快楽の波に襲われ、彼女は達した。目も眩むようなオルガスムスでマリの体は痙攣し、舌が痺れる。バナナにまみれたパパイアのような乳房が、プルプルと揺れた。

七月十三日　ホストの甘い夜

「あら、いってらっしゃい」

「あ……おはようございます」

出社する時、マンションのエントランスでマリは顔見知りの住人と擦れ違った。いつも軽く挨拶するだけで、話したことはない女だ。マリは彼女の身に着けているものを、さりげなく横目でチェックした。

(シャネルのスーツに、エルメスのバッグか……。あのバッグはクロコダイルのバーキンだから、二百万以上はするわね。ふん、なによ、誇らしげに持っちゃってさ。たぶん、この近くのクラブのママかなんかだろうな。年齢不詳に見えるけれど、三十代後半から四十代前半よね、きっと。確かに美人だけれど、遣り手っていうか、ちょっと意地悪そうな感じなんだよなあ。このマンションで一番高級な部屋に住んでるみたいだし、まあオミズの世界は一筋縄ではいかないだろうから。一癖あって当然かも）

マリはそんなことを思いながら、マンションを出て駅へ向かう。歩きながらも、女が持っていたバッグが気になって仕方なかった。

（あーあ、私もクロコのバーキン、欲しいなあ。あのバッグ持ってホストクラブに行ったら、チヤホヤされて楽しいだろうな。高いブランド品を持った客には愛想いいもんね、ホスト君たちは。……でも二百万かあ。二十四回の分割払いで買うとしても、今の状態じゃ無理かなあ）

その時、マリの胃に急に刺すような痛みが走った。

「いたっ……」

思わず足が止まり、マリは胃のあたりを押さえて立ち尽くした。よく晴れた夏の朝、額に汗が滲んでくる。胃の痛みは、すぐに消えた。持病というわけではないが、マリは時々胃に刺すような痛みを覚えることがあるのだ。そして彼女は、その痛みの治め方を心得ていた。

マリは近くにあったコンビニに飛び込み、チョコレートを一箱買った。そして会計を済ませると、彼女はすぐに箱を開け、その場でチョコレートを口に放り込んだ。口の中いっぱいにチョコの甘さが広がり、マリの胸にも伝わって、気持ちがラクになってゆく。彼女の場合、胃の痛みには、甘いものを食べることがもっとも効くのだ。マリはチョコレートを次々食べながら、駅へと向かう。彼女は他人の視線も気にせず、電車の中でもチョコを頬張り続けた。

オフィスでデスクワークをする時も、マリは引き出しに入れたクッキーを、隙《すき》を見て摘んでいる。基本的に美味しければどこの商品でも良いのだが、マリは仕事中は『ステラおばさんのクッキー』を好む。特にミルクシュガーとコーンフレークのクッキーが良い。クッキーを頬張ると、PCを睨んで煮詰まっていた仕事もスムースにゆくことがあった。特に楽しいとは思えぬ仕事を日々繰り返しながら、マリは「仕事は金のため」と割り切っていた。

「マリってホントに甘いもの好きだよね。でもさあ、毎食毎食そんなに甘いものばっかり食べて、なんで太らないの？　すんごい不思議なんだけど」

昼休み、ランチを一緒に食べながら同僚の綾子が感心したように言う。会社の近くのいつものレストランで、マリは生クリームたっぷりのピーチクレープと大きな栗がのったモンブランを喜々として平らげていた。

「ねー、自分でも不思議だよ。決して細いほうじゃないけれど、これぐらいの肉づきで済んでるって有難いよね。ホント、私って甘いモノやめられないんだ」

唇についた生クリームを舐め、マリは無邪気に微笑む。綾子はランチセットのサーモンのパピヨットを食べていた。

「でも気をつけないと、今に急激に太り出すかもよ。二十代だからまだなんとか保ってられるのかもしれないけれど、三十になったら危ないよ、その食生活続けてたら。肥満の心配だけじゃなくて、糖尿病に罹《かか》る可能性だってあるよ。マリ、気をつけなね」

「大丈夫、大丈夫。私、きっといくら食べても肥満しない体質なんだよ。消費するエネルギーが人より多いのかも。食べて、そのぶん消費してりゃ太らないし病気にもなんない。大丈夫よ」

　綾子の親切な忠告にも、マリは耳を貸さず、コーヒーに砂糖とミルクをたっぷり入れて飲み干す。綾子は呆《あき》れたように溜息をついた。いくら言ってもマリは聞かないようなので、話題を変える。

「まあ、体を壊さないように注意してね。……ねえ、ところで来週末、税理士の人たちと合コンするんだけれど、マリも来ない？　『サバティーニ』でイタリアン御馳走してくれるって。マリもたまにはパスタぐらい食べなさいよ」

「税理士？　それって誰かのツテなの？」

ウェイトレスが注《つ》いでくれたお代わりのコーヒーに、マリはまたも砂糖とミルクをたっぷり入れる。

「早紀の知り合いが税理士で、その彼が仲間を連れてきてくれるみたい。どう、いい話でしょ？　マリもおいでよ」

マリはコーヒーをゆっくりと掻き回しながら、気がなさそうに答えた。

「うーん。どうしよう。来週末かあ……予定あるし、今回は遠慮しとく」

マリの返事に、綾子は憮然《ぶぜん》として言った。

「ええ！　どうして？　相手は税理士よ。エリート揃いよ。マリ、入社した頃は大の合コン好きで、よくしてたじゃない。それなのに……最近パワーダウン気味じゃない？」

マリは思わず苦笑する。確かに綾子が言うとおり、以前は合コン好きで、毎週のように行っていた。そして合コンで知り合った男たちと恋愛沙汰を繰り返すうち、だんだんと苦手になってきてしまった。輝一郎と知り合う前に付き合っていた男も、合コンが出逢いだった。その男にフラれたので、マリはよけい乗り気になれなかったのだ。それに、誰が何と言っても、マリは今は輝一郎に夢中なのだ。

「パワーダウンかあ。そんなふうに見えるのかな。新しい彼とハッピーなんだけれどね、これでも。だから、男は間に合ってるってことで」

マリはセミロングの茶髪を掻き上げ、微笑みながら言い返す。「新しい彼」とはもちろん輝一郎のことだ。マリの中で輝一郎は「彼」の感覚なのである。

「なんだ、そうか。新しい彼とラブラブなんだ。それは失礼いたしました。合コンのお誘いなんてお節介だったわね。……でもよかったじゃない。彼とラブラブなら、マリも落ち着くよ、きっと。で、彼って何してる人？　サラリーマン？」

「うん、そうだね。サラリーマン」

綾子の問いに、マリはコーヒーを啜りながら即答する。ホストだって給料をもらっているのだからサラリーマンに違いないと、マリは解釈している。

「ふうん、なるほど。サラリーマンの彼と上手くいくよう、私もお祈りしてる」

綾子はとってつけたように言うと、煙草を銜えて火をつけた。

仕事を終えると、マリはいそいそと「彼」である輝一郎に会いに渋谷へ向かった。しかし売れっ子ホストである輝一郎が店に来るのは十二時を廻ってからなので、それまでレストランバーで時間を潰した。

売れっ子のホストというのは同伴出勤が多い。それゆえ店が午後八時に始まるとしても、定刻どおりに出勤することはほとんどない。ホストの場合、水商売や風俗関係の女性客も多いから、仕事が終わった彼女たちと同伴出勤すれば、店にくるのが明け方になってしまうこともある。超売れっ子のホストには、たくさんの女性客を連れて朝の六時に店にきて八時に帰ってしまうような輩《やから》もいる。それで月一千万以上を稼ぐのだ。

マリはレストランバーの化粧室で、洋服を着替えた。パンツスーツを脱ぎ捨て、胸元が大きく開いたエスカーダの赤いロングドレスを身に纏う。輝一郎に会うために、新しく買ったドレスだ。マリは鏡に全身を映し、優雅に微笑んだ。高価なドレスを纏うと、仕草まで淑やかになってしまうから不思議だ。

（ほかの女になんて、負けるものですか。輝一郎は私だけのものなんだから。『私が輝一郎の一番の上客よ』って、みんなに知らしめてやる。絶対に、絶対に、負けないわ。だって輝一郎、私を抱いたもの。『俺は惚れた女しか抱けないんだ』って言いながら。輝一郎の女は、私だけよ……）

マリは鏡に向かい、燃えるような真紅のルージュを塗り直した。

十二時を過ぎてマリがホストクラブ『ゴールドウルフ』に行くと、輝一郎はまだ出勤していなかった。黒服に通され、天鵞絨《ビロード》のソファに座って彼を待つ間、二軍ホストの篤志がマリを接客した。

「マリさん、素敵なドレスですね！　よくお似合いです。このドレス……高いでしょう？　マリさん、お給料いいんですねえ。持ってらっしゃるバッグも、いつもブランド品ですよね。すごいなあ。……マリさん、今度は是非、僕も指名してくださいね！」

篤志は歯が浮くようなセリフを満面の笑みで言い、マリに酒を作る。甘党の彼女は、この店にも自分用にチョコレートリキュールのボトルを入れているのだ。

「あ、ミルク、もっとたっぷり入れてかき混ぜて。そう、ありがと。……ああ、チョコレートリキュールのミルク割り、本当に美味しいわ。あなたも上手にお酒が作れるようになってきたじゃない！」

マリは篤志の肩を叩き、流し目を送る。篤志は彼女の手をそっと握り、耳元で囁いた。

「ありがとうございます。マリさんのために、もっともっと上手に酒を作れるようになりますね」

彼のけなげな言葉に、マリは微笑みを浮かべる。でも彼女は内心、思っていた。

（ガンバってるけど、こいつはヘルプどまりよねえ。だってルックス良くないもん！　輝一郎は顔を見るだけで濡れちゃうけど、こいつは手を握られたってアソコがヒクリともしないわ！　傍にいるだけで女を疼かせなきゃ一人前のホストとは言えないわね。篤志、残念！）ルックスが気にくわないために、マリは篤志に酒もおつまみも取ってやらない。マリは重度の面食いで、「人間は中身が大切」と理屈では分かっていても、カッコ悪い男を生理的に受けつけないのだ。

「ほらあ、早く注ぎなさいよ。もうお酒がグラスになくなってるじゃない。ちゃんと仕事しなさいよっ！」

酒が廻ってきて、マリは次第に横柄になる。ずっと待っているのに輝一郎がなかなか店に来ないので、苛立っているのだ。女に怒られても文句を言えないのがホストの辛いところで、篤志は心の中で（この野郎）と思いながらも作り笑顔でマリを接客した。

午前一時を過ぎれば店は超満員で、入れずに帰ってゆく女たちもいた。夜遅くになるにつれ、水商売や風俗の仕事を終えた女性客が多くなる。彼女たちは一様に華美に着飾っていて、女の魅力に満ちている。マリはそんな女たちを横目で見て、心の中で（ふん）と思う。

（あの女が持ってるバッグは、私のより安ものね。……あの女は若くてスタイルはいいけれど、顔がブスね。……あっちの女は顔は綺麗だけど、なんか垢抜《あかぬ》けないなあ。なに、あのダサい服。どこの田舎モンかしら）

『ゴールドウルフ』の女性客全員をライバル視しているかのように、マリは客一人一人を心の中で小馬鹿にして嘲笑《あざわら》う。そんなおとなげないことをしているうちに、輝一郎が店に到着した。午前三時過ぎにアナウンスが流れる。

「当店の超人気ホスト、片岡輝一郎、到着いたしました。皆様、お待たせいたしました！」

輝一郎ファンから「キャー」という歓声が上がり、ミラーボールが回る中、彼が登場した。スラリとした長身に、紫色のスーツ、そしてシャネルのネクタイが似合っている。

マリはソファを立ち、用意していた薔薇の花束を持って、輝一郎に歩み寄った。堂々としたマリの態度に、店の中が一瞬静まる。

「はい、プレゼントよ、輝一郎。貴男《あなた》にピッタリの紫色の薔薇の花束。受け取ってくれるわね」

輝一郎の前に立ち、マリは彼の目をしっかりと見つめ、花束を差し出す。輝一郎は美しい顔に蕩けるような笑みを浮かべ、マリに礼を言った。

「ありがとう、マリ。お前みたいな麗しい客がいてくれて、俺はこの店……いや、日本中……いや、世界中のホストの中で、一番幸せ者だよ」

輝一郎はマリから花束を受け取ると、身をかがめ、彼女の手にそっとキスをした。彼のファンの女性客たちの視線が背中に突き刺さるようだが、嫉妬されるのもまた気持ちが良いものだ。マリは誇らしげに胸を張った。

「さすが当店の人気者、輝一郎です！　素敵なお客様を持っていて、ホスト冥利、男冥利に尽きるというところでしょう！　マリ様のような良いお客様に支えられ、当店、ようやく十周年に突入いたしました。皆様、これからもどうぞ『ゴールドウルフ』をご贔屓《ひいき》に！」

黒服がアナウンスし、場を盛り上げようと大きな拍手をする。それにつられて、客の間からも拍手が起こり始め、やがて皆に伝わって盛大なそれとなった。

拍手に包まれながら、マリは満面の笑みを浮かべる。ひときわ目立ち、「輝一郎にとって私は特別な女なのよ」とアピールできたことの喜びと興奮で、マリは頬を紅潮させていた。

しかしマリの喜びも長くは続かなかった。輝一郎を待っていた客が多く、彼はテーブルを飛び回り、マリ一人をかまうことなどできなかったからだ。マリが座っているテーブルの近くを通る時、輝一郎は「もうちょっと待っててね」と彼女に目配せするのだが、なかなかやってこない。マリはすっかりふてくされ、その間ヘルプでついたホストたちに当たり散らした。

「私は輝一郎に会いたくて、この店にきてんのよ！　あんたなんかと喋りたいわけじゃないの！……でもさあ、あんたってホントに不細工だよね。よくそんな顔してホストになろうなんて思うよね。あーっはっはっ！　お前なんてバーカ。あっちいけ！」

マリは甘ったるい酒をガブガブ飲みながら、ヘルプのホストを足蹴りする。

（馬鹿はどっちだ、この酔っぱらい女）

彼らは心の中で罵《ののし》りながら、「お仕事、お仕事」と思ってマリの戯《ざ》れ言《ごと》を聞き流していた。

酔いが廻ったマリは輝一郎を目で追い、彼が接客している女たちを心の中で次々に罵倒《ばとう》してゆく。

（ババア、輝一郎に触るな！　お前なんかが触ると、腐るだろ！　いくら金持ってたって、お前なんか輝一郎から見れば、ただのババアなんだよ！　お前なんか『金づる』としか思われてねえよ！……おい、そこのデブでブス！　輝一郎にもたれ掛かるんじゃねーよ！　お前みたいな醜いブタ、いくら金払ったって輝一郎に寝てもらえねーよ！　お前じゃ勃たねえって！　きゃはは――っ！　どいつもこいつも、デブでブスで馬鹿でババアで、きったねー女ばっか！　まるで動物園じゃん！　輝一郎が可哀相だよ、こんなレベルの低い女たちばっか相手にしなくちゃならないなんてさ！　お前ら帰れよ、さっさと！　金だけ払って帰れ！　私ぐらいのイイ女になって出直してこい！　金だけ置いて、みんな帰れ――――！　帰っちまえ――――！）

マリは自分のことをすっかり棚に上げ、輝一郎の客の女たちを嘲笑う。そんなマリを、へルプのホストたちは鼻白んで見ていた。

輝一郎がマリのテーブルにやってきたのは、明け方の五時近くだった。外はもう白み掛けている頃だ。マリは目を潤ませ、輝一郎にしがみついた。

「もう、輝一郎、おそーい！　ずっと待ってたんだからあ！」

愛しい彼の胸にもたれ、マリの乳首がピンと尖る。やっぱり美男子は最高だ。マリの秘肉が疼き始める。

「ごめん、ごめん。週末だからお客さん集中しちゃってさ。俺だって、早くマリのテーブルに来たかったんだよ」

輝一郎は優しい笑みを浮かべ、マリの頭を「いい子、いい子」というように撫でる。それだけでもう、マリは彼を許してしまう。あれだけ機嫌が悪かったのが嘘のように、マリは急におとなしくなった。

二人は寄り添い、甘いムードで酒を飲んだ。輝一郎の客はこの時間になってもまだ残っている人が多いので、マリはわざと見せつけるかのように彼にしなだれ掛かる。ヘルプのホストたちには何も御馳走してやらなかったが、マリは輝一郎には何でも奢ってやるつもりだ。

「えーっとね、せっかくだからピンドンにしましょ！　ねえねえ、ピンドン持ってきて！　それからフルーツの盛り合わせと、チーズの盛り合わせと、キスチョコ大盛りで！　お願い！」

わざとほかの客たちに聞こえるように、マリが大声でオーダーする。ピンドンとは、「ドンペリ・ピンク」のことで、ドンペリよりもさらに高級なシャンパンだ。マリが「ピンドン」と叫んだので、あちこちのテーブルで軽いざわめきが起こる。マリは「勝った」と思い、ほくそ笑んだ。さっき、輝一郎のほかの客がドンペリを注文したのが聞こえたのだ。だからその上をいって、マリはさらに高級な「ピンドン」を頼んだのである。普通のドンペリの三倍の値段はする。マリは勝ち誇ったような気分で、輝一郎に微笑んだ。輝一郎も嬉しそうな笑みを浮かべている。彼はマリの肩をそっと抱き、頬にキスをする。輝一郎の美しい顔を間近に、マリは夢見心地だ。

彼はマリの肩をさすりながら、突然大きな声で言った。店中に響き渡るほどの大声で。

「ねえ、マリ。どうせなら、ゴールドにしようよ！　ドンペリ・ゴールド！　せっかくドンペリを飲むなら、ゴールドが飲みたいな！　マリと俺には、やっぱりゴージャスなゴールドが似合うんじゃないかな？　いや、俺だって相手見てねだってるんだよ。マリとならゴールドが飲みたいから、正直に言ってるんだ。……でも、無理なら、もちろんピンドンでも充分嬉しいけれどね」

そう言って輝一郎は、マリの髪の毛を撫でる。ドンペリ・ゴールドの名前が出て、客たちはいっそうどよめいた。ピンドンの比ではないほどの、ドンペリでも最高級の品だからだ。

輝一郎の穏やかな笑顔を見ながら、マリの顔は一瞬強張った。ピンドンなら高くても十万ぐらいだが、ゴールドになると三十万は下らなくなってしまう。顔が曇ったマリをそっと抱き締め、輝一郎は彼女の耳元で囁いた。

「いいよ、無理しないでも。素敵な薔薇ももらったし、マリと一緒にドンペリ・ゴールドを飲んでみたい気分だったんだ。……ごめんね、ワガママ言って。好きな女だから、ワガママ言っちゃうんだよね、俺」

マリは輝一郎の目を見つめた。涼しげな、澄んだ瞳だ。マリは溜息をつき、そして言った。この三つ年下の美しい男の願いなら、なんでも叶えてあげたいと思う。

「ダメなんて言ってないじゃない。ゴールド、注文しましょう！　私だって輝一郎と一緒にゴールドが飲みたいわ。ねえ、ゴールド持ってきて！」

マリの声を聞くと、スタッフが満面の笑みを浮かべて、いそいそとドンペリ・ゴールドを持ってきた。ドンペリ・ゴールドを開け、マリと輝一郎は乾杯した。ホスト、スタッフ全員が二人を囲み、「ありがとうございます！」と礼を言って囃《はや》し立てる。客たちは素直に拍手する人もいたし、露骨に嫌悪の表情を浮かべる人もいた。マリと輝一郎は微笑んで見つめ合い、まるで恋人同士のようだ。

マリは彼にもたれ掛かり、カラオケをデュエットしたり、皆に見せつけるようにベタベタとした。七時を過ぎて客が減り、店が閉まる頃、マリは輝一郎に訊ねた。

「ねえ……この後、一緒にいられる？」

彼に寄り添い、体を触れられていたので、マリの秘肉は疼ききってパンティに大きな染みを作っていた。輝一郎は銜え煙草でマリの肩を抱きながら、言った。

「ごめんね、今日はこの後、ミーティングなんだ。ほら、うちの店、秋に六本木に支店出すだろ？　事業拡大に向けて、内部でいろんな話が進んでいるんだ。それで、今、忙しくてさ。……だから、今日は申し訳ない。でも、近いうち、必ず時間作るよ。その時、また、たっぷり可愛がってあげる」

輝一郎はマリの耳元に息を吹き掛け、頰に優しくキスをする。マリは溜息をついた。

「仕事ならしょうがないわね。残念だけれど、今日は一人で帰るわ。……でも輝一郎の顔を見られたから、嬉しかった」

「うん、またきてよ。店にはいつでもいるからさ」

優しい笑顔で輝一郎が言う。

「ええ……また、くるわ」

そう返事して、マリはこめかみを押さえた。一睡もしないで夜通し遊んでいたからだろう、軽い目眩がしたのだ。

支払いは、消費者金融で新しく作ったカードで済ませた。でも、今日一度の支払いで、使用限度額に達してしまいそうだった。

店を出ると、外はもう充分に明るく、陽射しが照りつけていた。急に現実の世界に引き戻されたような気がして、マリはぼんやりとしながら歩き出した。ゆっくりと進み、道を曲がったところで、マリは振り返って店のほうを見た。そして彼女は道角にひっそりと身を潜め、店の見張りを始めた。

輝一郎が本当にミーティングなのかどうか、気掛かりだったからだ。もしかしたらそんなことを言っていて、別の女とどこかで待ち合わせして、店が終わったらそこに駆けつけるのかもしれない。マリは猜疑心《さいぎしん》に囚《とら》われ、睡眠不足の目をぎらつかせながら、道角に突っ立っていた。

マリはただただ輝一郎が気掛かりで、時間を忘れて見張り続ける。強張った形相で立ち尽くすマリは異様な雰囲気で、「何をやっているのだろう」と彼女を振り返って見る通行人もいた。

「あっ」

三十分ぐらい経った頃だろうか、輝一郎が店から出て来た。彼一人ではなく、店のスタッフ二人とホスト二人、そして中年女性の計六人だった。マリが思わず声を上げてしまったのは、一緒にいた女は店のスタッフではなく、輝一郎の客だったからだ。マリが酔っぱらって心の中で「ババア」と罵倒した女だった。五十歳は過ぎているだろうか。髪を金色に染め、原色の派手な服を着て、お世辞にも美人とは言えないが、裕福そうではあった。その女は輝一郎と腕を組み、皆で楽しそうに談笑している。和気藹々《あいあい》といった雰囲気だ。

マリが息を呑んで六人を盗み見ていると、ロールスロイスが道に分け入ってきて、彼らの前で止まった。そして六人はそのロールスロイスに乗り込み、どこかへと走り去ってしまった。店の車ではないから、あの中年女性のものだろうか。

マリはロールスロイスを見送ると、呆然《ぼうぜん》と立ち尽くした。すると、胃がまた急に猛烈な痛みに襲われ、思わず座り込んでしまった。キリキリと刺すような痛みに、額に脂汗が滲む。マリは暫くそのままでいたが、徐々に痛みが治まってくると、ゆっくりと立ち上がった。彼女は額の汗を手の甲で拭いながら、バッグの中からチョコレートを取り出し、頰張った。甘味が口の中に広がると、胃の痛みも次第に消えてゆく。マリはチョコレートを貪りながら、駅に向かって虚ろな目で歩き始めた。

七月十九日　赤いハイヒール

「女王様、今日は御調教、どうぞよろしくお願いいたします」

M男である香山がブリーフ一枚の姿で、マリに土下座をする。マリは彼の背中を赤いハイヒールで踏みつけながら、妖しい笑みを浮かべた。

「ほらほら、まだ頭《ず》が高いわよ。女王様に調教してもらえる喜びを、しっかり言いなさい」

マリは命令口調で、ヒールの先を香山の肉厚の背中にググッと食い込ませる。痛みの快楽で下半身を猛らせ、香山は恍惚とした。

「は……はい、これほどお美しい女王様に御調教していただけまして、まことに有難く思っております。身に余る光栄でございます。こ……こんな醜い中年のマゾ豚の私ですが、女王様の仰ることはなんでも聞きますので、どうぞよろしくお願いいたします」

香山の丁寧な挨拶に満足し、マリはニヤリと笑って足を離した。彼の背中にはヒールが食い込んだ赤い跡が残っている。

マリは週に何度か、SMクラブでアルバイトをしている。平日、会社帰りにバイトすることもあれば、休日にすることもある。それもすべて、膨れ上がってゆく借金のためだ。マリは四カ月前からこの秘密のアルバイトを始めた。その頃から、借金が急速に増え出したからだ。度重なる浪費に、ホストクラブ通いが祟って、どうにもこうにもいかなくなってしまったのだ。

短時間で高額を稼げるアルバイトを考えた時、水商売より風俗のほうが分が良いとマリは思った。しかし本番はイヤだし、見知らぬ男のペニスを咥えたりしゃぶったりするのもイヤだった。ソープやヘルスは勘弁と消去法の結果、マリはSMの女王を希望した。不潔な中年男にフェラチオするのは死んでもイヤだが、そのような男を鞭《むち》で打ちのめすことには興味があったのだ。マリは会社からも自宅からも少し離れた新宿のSMクラブに面接に行き、無事合格した。

マリは香山を全裸にすると、赤縄で亀甲縛りをした。四十半ばの彼の弛んだ体に、赤縄が食い込む。マリは彼の姿を見て、高らかに笑った。

「あはは、お前、ボンレスハムみたいじゃないか！　醜いマゾ豚だねえ。……なんだい、お前、もうチンチンをそんなに大きくして。縛られるだけで勃起するなんて、スケベ！　ほら、こうしてやる！」

マリは香山のペニスを摑み、ゴシゴシと扱いて弄ぶ。香山は弛んだ肉を震わせ、身を捩った。

「あああっっ！　女王様……ああっ、ダメです！　ああっ……イッちゃいます！」

早漏気味の彼は、ちょっとペニスを刺激されるだけでも達しそうになってしまうのだ。マリは侮蔑の笑みを浮かべ、目を妖しく光らせながら、香山のペニスを弄び続ける。蛇の生殺しをするように、激しく扱いたかと思うと、フッと手の力を抜いて触れるように優しく擦る。それを繰り返され、香山は意識が遠のき始める。込み上げる快楽で、ペニスからカウパー液が迸り、マリの華奢な手を汚した。

「ふん、イヤらしいわね。お前は、そんなに感じているの？　こんなに漏らしちゃって。お前の汚い液が、女王様の指にまでついちゃったじゃないか。ほら、お舐め」

マリはそう言って、カウパー液が付着した指を、香山の口に押し込む。自分の先走り液の味に顔を顰めつつ、彼はマリのしなやかな指を味わった。

「ううん……女王様……私の汁は不味いですが、女王様のお指は美味しいです……細くて、甘くて……マニキュアもとっても綺麗で……ううん」

珊瑚《さんご》ピンク色に彩られたマリの指先を舐めながら、香山はいっそう下半身を猛らせる。マリに責められながら、彼の目は彼女の胸元に釘付けになっている。マリの丸々とした胸は、真紅のエナメルのボンデージから半分ぐらいはみ出している。その胸の谷間が、とても気になってしまうのだ。たわわに実った、パパイアのようなマリの乳房が、香山をよけいに高ぶらせる。彼はマリの胸元を見つめながら、ペニスをさらに膨張させた。

「ちょっと、お前、どこを見てるのよ！　女王様のオッパイを視姦《しかん》するんじゃないわよ！　この、スケベ！」

マリは香山の頬を、思いきり平手打ちした。歌舞伎町のラブホテルの部屋に、パーンという音が響く。香山は赤縄を掛けられたまま、床に倒れた。

「ああん……女王様、申し訳ありません」

頬を叩かれてペニスをますます怒張させる中年男に、マリは侮蔑の笑みを放つ。彼女は日頃のストレスを発散するかのように、鞭を持って彼を打ちのめし始めた。

乗馬鞭がヒュンと音を立てて宙を切り、香山の弛んだ体にピシッと食い込む。彼は床に這いつくばって、絶叫した。

「ぎゃああっ！　痛い！　痛いです！　女王様！　た……助けて！　うわあああっ！」

激痛に身を捩る香山は、蠢く大きな芋虫のようだ。中年男の情けない姿を見ながら、マリはいっそうエキサイトしてゆく。彼女は目を血走らせ、息を荒げて鞭を振るった。

「ほらほら！　女王様の鞭だよ！　お前は鞭でぶっ叩かれてんのに、なに勃起してんだよ！

このドM豚男！」

香山の弛んだ体に鞭が食い込み、皮膚が裂け、血が滲んでゆく。激痛による快楽で、彼のペニスは屹立してカウパー液を垂らしていた。

「ふぎゃあっ！　じょ……女王様、お許しください……ぎゃあああっ！」

彼は身悶えして床を転がる。マリは狂気がかった笑みを浮かべ、虫の息の香山に、今度は蠟燭を垂らし始めた。赤い蠟がポタリポタリと落ち、彼の白豚のような体を覆ってゆく。

「お前の醜い体に、赤い花がいっぱい咲いてるねえ……ふふふ」

マリは目を爛々と光らせ、香山を蠟責めする。

「あ……熱い！　くうううっ……」

彼は歯を食いしばり、蠟を耐える。鞭打ちで体に傷ができているので、そこに蠟を垂らされると、痛みが倍増するのだ。傷だらけのまま、熱い湯に浸かるような感覚である。全身に痛みが駆けめぐり、香山はカウパー液を垂れ流して悶えた。

「なんだい、お前。もうイッちゃいそうだね。そんなにチンチンをビクビク蠢かして。……熱いかい？　ほらほら」

マリは太い蠟燭を手に持ち、彼の猛る股間へと垂らす。屹立したペニスに蠟がボタボタと掛かり、黒い陰毛も赤く染まってゆく。蠟の刺激でペニスはいっそう蠢き、カウパー液を垂らした。

「ああっ……熱い！　熱い……でも感じます……あああっっ！　女王様……ううっ」

蠟で責められドＭの香山は堪らなく感じ、ペニスに手を伸ばして思わず扱き始める。蠟で赤く染まったペニスは、グロテスクな大きな虫のように息づいていた。

「なに自分で扱いてるのよっ！　お前は本当にイヤらしい男だねっ！　鞭で叩かれて、蠟を垂らされて、そんなに感じるなんて！　こうしてやる！」

マリは蠟を垂らしながら、ハイヒールを履いた足で香山の睾丸を踏みつけた。

「ぎゃあああっ！　痛いっ！　ああっ、でも気持ちいい……ぐああああっっ！」

香山はマリの脹ら脛を摑み、絶叫する。マリはハイヒールの靴裏で、クルミのような睾丸をグリグリと踏み潰した。

睾丸を責められるのも大好きな香山は、「痛くて気持ちの良い快楽」を嚙み締める。睾丸の快楽が伝わり、ペニスもますます怒張する。今にもザーメンを噴き出しそうなほどに膨れ上がり、ビクビクと蠢いた。

「ほらほら、まだイッちゃダメ！……勝手にイッたら殺すわよ」

マリはドスのきいた声で言うと、香山の顔の上を跨いで、ボンデージの股間のボタンを外した。

「ああっ……女王様……す……すごい……ステキです……あああっっ」

眼前でマリの秘肉が露わになり、香山は興奮して喘いだ。艶やかで肉厚な赤貝のような女陰に、彼は思わず生唾を呑む。マリは妖しい笑みを浮かべ、そのまま香山の顔の上に腰を下ろしてしまう。女王様に顔面騎乗され、官能に悦びながらも息苦しく、香山は呻いた。

「ぐううっ……ふぐうっ……」

マリは香山の顔を押し潰すように、熟れた尻で圧迫する。彼女の双臀は、小ぶりのメロンが二つ並んでいるようだ。その小麦色の尻を摑み、香山は大きく息を吸い込む。マリの秘部は匂いがキツいのだが、それがまた劣情を煽るのだ。腐臭というか、ブルーチーズのような濃厚な匂いで、嗅いでいるだけで香山のペニスはいきり勃つ。彼は思わずマリの秘肉に舌を滑り込ませた。コクのある味が、彼の舌を痺れさせる。

「くすぐったいわね……ほら、ちゃんと舐めなさい！　そう、そうよ……あああん」

生暖かな舌で秘肉をえぐられ、マリが艶めかしく喘ぐ。マリは香山の顔に跨ったまま、秘肉を押しつけるように、腰をグラインドさせた。クリトリスまで舐め回され、激しい快感が込み上げてくる。それと同時に尿意も感じ、マリは妖しく笑った。

「ねえ……おしっこしたくなっちゃった。飲んでくれるでしょう？　女王様の聖水、こぼさずお飲み！　こぼしたら鞭打ち百回の刑よ！　ふふふ……」

「聖水」という言葉を聞いて、香山は身をブルッと震わせた。ペニスもいっそう硬直する。

マリは香山の顔に跨ったまま、彼の唇に尿道を押し当て、排尿した。初めはチョロチョロと出て、次第に勢い良く迸る。マリの尿は匂いも味も濃厚で、色も真っ黄色なのだが、それがまた香山を高ぶらせるのだ。

「うぐぐっ……んぐんぐ……美味しい……んぐぐっ」

香山は興奮してペニスを自ら扱きながら、夢中で聖水を飲み干す。口から溢れた小水が鼻に流れ込み、脳天までツーンとしてくる。アンモニア臭と女陰の匂いが交ざり合い、ラブホテルの部屋に充満する。マリの濃厚な聖水は香山の性感を痺れさせ、彼は飲みながら自慰してたちまち達してしまった。

「ぐうううっ……ふぐうううっ……」

香山のペニスから、白濁液が飛び散る。強い快楽だったのか、量も多く、色も濃かった。蠟で真っ赤に染まった腹に白濁液が降り掛かったのを見て、マリは妖しく微笑んだ。彼女は香山の顔の上で排尿を終え、満足げに腰を艶めかしく動かした。

香山にシャワーを浴びさせて身を清めさせると、マリは調教を再開した。彼を四つん這いにさせ、アナルにローションをたっぷりまぶす。ローションのひんやりとした感触に、香山は四つん這いで身を捩った。

「あぁっ……ヌルッとして気持ちいい……」

マリは微笑みながら、コンドームを着けた指をアナルに差し込む。そしてゆっくりと掻き回すと、ローションのグレープフルーツの香りがいっそう漂った。

「ほら、どうだい。アナルを指で犯される気分は。……ほら、ここがお前の前立腺だろ。ほら、ほら」

マリは香山の前立腺を探り当て、指で優しく刺激した。くすぐったいような快楽に、香山は四つん這いのまま身を捩って悶える。

「はああん……あああっ……気持ちいい……くうううっ」

前立腺を刺激され、彼のペニスは再び熱を帯びてゆく。膨れ上がってゆくペニスを見ながら、マリはニヤリと笑った。そして右手の指でアナルを弄りながら、左手でペニスを摑んでそっと扱き始めた。

「ふふふ……四つん這いの男のペニスを扱くって、なんだか牛の乳搾りをしてる気分だよ。ほらほら、ミルク出してみな!」

マリはからかうように言って、前立腺を刺激しつつペニスを扱き上げる。二つの性感帯を同時に責められ、凄まじい快楽に香山は絶叫した。

「あああっっ！　女王様！　くううっ……お助け……ください……はあああっ！」

彼は身を震わせ、込み上げる快楽に歯を食いしばる。ペニスはドクドクと脈を打ち、このまま扱いていると達してしまいそうなので、マリはいったん手を放した。

「くうううっっ……」

達する寸前で刺激を止められ、蛇の生殺しに香山は身悶えた。ペニスからカウパー液が、糸を引いて床に垂れ落ちている。

マリはSM道具一式が入ったバッグの中からペニスバンドを取り出した。腰に装着できるようになっている疑似ペニスだ。これを身に着ければ、女性でも男性の役割を果たすことができる。マリはペニスバンドを着け、香山の顔に突き出した。マリの勇ましい姿を見上げ、彼は目を潤ませた。

「ああ……女王様……素晴らしい。女王様の股間に、逞しいペニスが生えている。いきり勃ち、黒光りするペニス。ああ、なんて美しく、淫らで、雄々しいお姿なのでしょう！　女王様……このマゾ豚に、光り輝くペニスをどうぞ舐めさせてください……」

香山は四つん這いの姿で、恍惚として身をくねらせる。マリは薄笑みを浮かべ、彼の顔を両手で摑むと、股間にグイと引き寄せた。そして疑似ペニスを彼の口に押し込んだ。

「ほら、お舐め！　私のペニスをお舐め！　ふふ……これがほしかったんだろ、白豚。どうだ、お前のチンチンなんか比べモノにならないほど、太くて長くて立派だろ！　ちゃんとフェラチオできたら、このペニスをお前のケツにぶち込んでやるから、しっかり舌動かしな！　たっぷり唾をつけて！」

マリは香山の顔を摑んで、腰を艶めかしく動かす。彼は噎せそうになりながら、マリの疑似ペニスを舐め回した。ドMの香山は「女王様のペニスを舐めさせられている」というシチュエーションに、果てしなく興奮してしまうのだ。彼は疑似ペニスにフェラチオしながら、自らの肉棒に思わず手が伸びてしまう。はち切れそうなほど膨れ上がった肉棒を、彼はそっと手淫した。とめどない快楽が込み上げ、触らずにいられないのだ。

疑似ペニスを舐められ、マリは本当に男になったような感覚になり、仕草もいっそう雄々しくなる。彼女は香山の顔を摑んで、その口に疑似ペニスを激しく出し入れして、イラマチオを愉しんだ。逞しい疑似ペニスが喉の奥に当たり、香山は眉間に皺を寄せる。

「ほらほら、苦しいか？　我慢しろよ！　ほら、お前のケツに挿れてやるんだから、たっぷり舐めて唾つけな！」

マリの言葉を聞いて、香山はペニスを咥えたまま身を震わせる。もうすぐアナルを犯されるのだという期待と不安で、ゾクゾクという快楽が尾てい骨のほうから込み上げてくる。香山は命ぜられるまま、息苦しいのを堪えて疑似ペニスを喉の奥まで咥え込んだ。ペニスが逞しすぎて顎が痛くなってくるが、それも我慢する。

香山にたっぷり舐めさせると、マリは疑似ペニスを彼の口から引き抜き、ニヤリと笑った。そしてヒールをコツコツと鳴らしながら四つん這いの彼の後ろに回り、肥えた尻をむんずと摑んだ。そしてアナルにペッペッと唾を吐きかけ、腰に装着した疑似ペニスを押しつけた。

「ああん……怖い……」

疑似ペニスのひんやりした感触に、香山はアナルをすぼめて身を捩る。マリはふんと鼻で笑い、彼の肥えた尻を引っぱたいた。

「なにが怖いんだ！　可愛い子ぶってるんじゃないっ！　ほしかったんだろう、私のペニスを！　ほら、ほら！」

マリは香山の尻を摑み、アナルへと逞しい疑似ペニスを突き刺してゆく。つぶらなアナルに激痛が走り、彼は悲鳴を上げた。

「あああっ！　痛いっ！　ああ――っ！……でも、いい……あああっっ」

疑似ペニスはアナルを押し広げ、めり込んでゆく。根元まで挿入すると、マリはニヤリと笑い、腰を激しく動かしてアナルを突き始めた。彼女の目は爛々と輝いている。

「ほらほら！　いい声で泣けよ、豚！　気持ちいいだろ！　さすが女王様のペニスだろ！

そしてイケ！　激しい快楽の中、泡を吹いてイケ！　何度でもイケ！」

マリは叫びながら、香山のアナルを疑似ペニスでえぐる。本当に男になってバックから犯しているような錯覚を覚え、マリはますますエキサイトする。彼女は目を血走らせ、スイッチを入れて疑似ペニスをバイブモードにして、香山のアナルを陵辱した。

「はあああっ！　うわああっ……ああっ……女王様！　ダメ……ダメ……ああ——っ！」

アナルの中で疑似ペニスがうねり、先端が前立腺を刺激する。どんどん、という快楽が体の奥から込み上げてきて、香山は目を白黒させる。

マリは腰を動かしてアナルをこねくり回した。ローションが滑ってグチュグチュと卑猥な音が立ち、グレープフルーツの爽やかな香りとアナルの饐えた匂いが入り混じる。バイブレーターの振動が前立腺に堪らず、マリに突き上げられながら香山はペニスを自ら擦り始めた。四つん這いでアナルを陵辱されつつ、手淫する。

「ううんっ……はあああっっ」

込み上げる快楽に、香山は何度かゴシゴシと擦っただけで、ザーメンを迸らせてしまった。床にビチャビチャと白濁液が降り掛かる。射精のエクスタシーで、香山は体を仰け反らせて歯を食いしばった。

「なに、もうイッちゃったの？　ふん、この早漏豚！　女王様に許しも得ずに勝手にイクなんて、ワガママな雄豚だ！　お仕置きに鞭打ち二十回だよ！」

マリは強い口調で言い放ち、香山のアナルから疑似ペニスを抜き取る。香山は力が抜けたように床に崩れ落ち、「女王様ごめんなさい」と何度も繰り返す。

マリは容赦せず、疑似ペニスを着けたまま、再び一本鞭をしならせた。


SMクラブの仕事から家に戻ると、午前零時を過ぎていた。このところ三日続けて、会社帰りにSMクラブに出勤しているので、マリは疲労していた。しかし今日は思いがけず臨時収入もあったので、気分はそれほど悪くはない。

香山に、靴を売ったのだ。プレイ中に履いていた赤いハイヒールではなく、通勤用の白いパンプスだったが。プレイが終わった後、香山にお願いされたのだ。

「パンティと一緒に、三万円でお譲りいただけませんか？　プレイ用の靴より、普段履いていらっしゃる靴のほうが、女王様のおみ足の匂いが、より染みついていると思うんです。だから、そちらをいただきたいのです」

彼にそう言われ、マリは二つ返事で売ってしまった。もともと二万円の靴だったし、パンティと一緒でも三万円というのは、質屋やネットオークションの相場に比べても売り得のように思える。火の車状態の今、売れるものは何でも売りたいというのが、マリの本音だった。

このように通勤用の靴を売ったので、マリはプレイ用の赤いエナメルのハイヒールを履いて帰ることになってしまった。白いパンツスーツに真紅のハイヒールというのは少し奇妙だったが、夜も遅いし人目もあまりないだろうからと、マリはその姿で帰宅した。

「こんばんは」

マンションの中に入ると、エレベーターの前に、同じ住人で時おり見掛ける男が立っていた。

「あ、こんばんは」

マリは郵便受けから手紙を素早く取り出し、彼に挨拶を返した。エレベーターはすぐに来て、二人は乗り込んだ。

「何階ですか？」

「あ……四階です」

男の問いにマリが答えると、彼は四階のボタンを押してくれた。疲れ切っていたマリはエレベーターの中でずっとうつむいていたが、男の視線をなんとなく感じていた。

（夜のエレベーターで男の人に不躾《ぶしつけ》に見られるって、やっぱり不愉快……というか気持ち悪いわ。たぶん、かなり酔っぱらっているんだろうけれど。……お酒臭いし。この人、お給料がいい会社に勤めてるんだろうな。いつもいいスーツを着てるし、お金には困ってなさそう。顔も悪くないし、センスもいいんだけれど……でも、ちょっとオジサンなのよねえ！　三十半ばぐらいだろうなあ。もっと若かったら、ここで襲われてもいいんだけど、オジサンじゃダメだなあ、なーんて！）

マリは心の中で好き勝手に考え、思わずクスリと笑う。その時、男の視線を足元に感じ、彼女はそっと足を交差させた。

エレベーターが四階に着くと、マリは男に会釈して降りた。ドアが閉まるまで、男の視線が足元にまだ絡みついているような気がして、マリは落ち着かなかった。

部屋に入り、手紙の封を開けると、消費者金融からの督促状だった。なんとなく予感はしていたが、「期日までにお支払いいただけない時は、法的処置を取らせていただきます」という文面に、マリは体の力が抜け、床に座り込んでしまった。額に汗が滲んでくる。おそるおそる電話の留守録もチェックしてみると、こちらにも返済を催促する消費者金融からのメッセージが残されていた。二件とも女性の声で入っているが、その丁寧すぎる口調がよけいに怖い。

マリはイエローページを開き、ローン会社を調べる。

「借り入れ件数が多くてお悩みのあなた！　我が社で借金の一本化はいかがですか？　おまとめローンをお薦めします。お気軽に御相談を！」

などという誘い文句で、審査が通りやすい会社がたくさん載っている。今、四件の消費者金融に借り入れがあるから、その借金すべてを一つにまとめてしまえば、返すのがいくらかはラクになるような気がする。

「一千万円まで即ＯＫ！　大型融資いたします。借り入れがどれだけあっても対応可能です」

などと広告を打っているローン会社もある。必要書類は健康保険証か運転免許証もしくはパスポート。本当にそれだけで一千万もすぐに貸してくれるのだろうか。夢のような話だ。

マリは虚ろな目で、その会社の「年率」を見る。九パーセントから二十九パーセントと書かれてある。マリは思わずフッと笑う。一千万借りたら、年率が二十九パーセントなどで済まなくなるのは、なんとなく分かるからだ。百万借りたってなかなか返せず、グズグズしているうちに年率が膨れ上がっていって、利子を払うだけで精一杯になってくるのだ。「審査の甘い会社」で一千万借りたらどういうことになるか、マリも薄々と分かる。……でも、借りれるものなら借りたいというのも、本音だった。

「痛っ……」

胃に鋭い痛みが走り、マリはうずくまる。息苦しくて動けず、マリは暫くそのままでいたが、全身に汗を滴らせ蛇のような動きで冷蔵庫へと這ってゆく。そして中からラズベリーのジャムを取り出すと、蓋《ふた》を開け、舌を瓶に突っ込んで舐め始めた。

「甘い……ううん……甘い……」

マリはキッチンの床に這いつくばり、ジャムの瓶に舌を突っ込んで夢中で舐める。額に脂汗を滲ませ、彼女はひたすらジャムを貪った。

瓶を空にすると、マリは口を離した。彼女の口の周りにはラズベリージャムが付着して赤黒く染まっている。マリは「フゥ」と溜息をつき、腕で口の周りを拭う。すると腕も赤黒く染まる。そしてマリは腕についたラズベリージャムをまた舐めて、うっとりとする。ジャムと戯れるマリは胃の痛みも忘れて恍惚として見える。瞳が今にも蕩けて、ドロリとした甘露を垂らしそうだ。

七月二十日　ニューボトル

「ねえ、今日はパーッと使いたい気分なの！　ボトル入れましょうよ、ニューボトル！　へネシーのXO入れちゃおう！」

マリは輝一郎をはべらせ、意気揚々と叫ぶ。気前の良いマリに、輝一郎は満悦の笑みを浮かべて彼女の手を握る。ボーイも笑顔でボトルを持ってきて、「ニューボトル、ニューボトル！」という掛け声の中、ヘネシーXOが開けられた。

「マリ、ありがとう。今日のお前は、一段と美しいよ。そのドレス、とっても似合ってる。……でも、高かっただろう？」

新しいドレスを纏ったマリの体を愛撫しながら、輝一郎が訊ねる。マリはヘネシーのミルク割りを舐めながら、妖しく微笑んだ。

「お値段は、まあまあってとこね。……実は仕事が上手くいって、臨時収入があったの。だから、今日はパーッといきましょ！　輝一郎、ヘルプのコたちも席に呼んでいいわよ。みんなに奢ってあげちゃう！」

輝一郎は穏やかな笑みを浮かべ、涼しげな目で、マリを見つめる。彼の大きな目は透き通っていて、吸い込まれそうだ。輝一郎はマリの髪を撫でながら、耳元でそっと囁いた。

「ありがとう、マリ。僕のためにお金を使ってくれて。……ねえ、来週の週末、久しぶりに一緒に過ごそうか」

輝一郎の言葉に、マリは麻薬のようなエクスタシーを感じ、恍惚とした。

七月二十一日　爪にめり込むクリーム

ＳＭ道具一式が入った重いバッグを持ち、マリはバイト先のＳＭクラブを出た。バイブレーターや浣腸器や縄を念入りに消毒するため、ＳＭ嬢たちは皆、月に一度は道具を家に持って帰るのだ。クラブの控え室でも、消毒はこまめにしているのだが、月に一度、各自徹底的に自分の道具を清めるのが決まりだからだ。

土曜日だったので指名が多く、マリは疲れ切って家に帰った。重い荷物を抱え、倒れそうになりながら歩く。秘密のバイト帰りだから、マリはなんとなく後ろめたく、大きなサングラスを掛けていた。重い荷物を持って、ヒールの高い靴を履いていたので、暗い夜道、彼女は何度も転びそうになった。

タクシーになるべく乗らないのは、単に車に酷く酔うからだ。一度ケーキの食べ放題に行った後にタクシーに乗り、渋滞の道で急に吐き気を催し、中でぶちまけてしまったのだ。ケーキの食べすぎが祟ったのだろう。その失態がトラウマになっているのと、その時「車の中に吐瀉物《としゃぶつ》を撒《ま》き散らかされて営業にならない」と罰金を取られたのが悔しくて、マリはタクシーをなるべく使わないようにしていた。今の状態で、ムダな罰金など決して払いたくない。

荷物を抱えて部屋に戻り、マリは着替えて座椅子に座った。もう督促状も届いていないし、留守電にメッセージも残されていない。マリは笑みを浮かべ、「うーん」と伸びをする。

マリは借り入れを一本にまとめたのだ。四社に計三百万の借金があったのだが、それを「一千万円まで即OK！　大型融資いたします。借り入れがどれだけあっても対応可能です」と謳《うた》っている会社に相談し、そこから取り敢《あ》えず五百万を貸してもらったのだ。

五百万を最長の百二十回払いで返済するプランを組み、マリは「これでローン地獄から抜け出せる」と胸を撫で下ろした。百二十回払いなら、月々四万円ほどの支払いで良いからラクである。それに五百万のうち三百万を各ローン会社に返しても、二百万は手元に残る。つまり自由になる金が二百万はできたということなのだと思い、マリは喜んだ。

（借金も財産のうち、っていうものね！　取り敢えず、二百万、贅沢できるお金が今の私にはあるってことよ！　こんなに簡単に貸してもらえるなら、足りなくなったら、また借りればいいんだわ。『一千万まではいつでも御融資させていただきます』って、あの会社の人、笑顔で言ってたものね！　あの受付の人、福の神みたいな顔してたわ、そう言えば！　うふふ……早速ドレス買ってホストクラブで遊んじゃったけれど、五百万で足りなくなって、もし一千万借りたって、百二十回払いなら月々九万の返済で済むもんね。……済むかな……済むよね？）

心の中、ふと疑問が湧き起こり、マリは顔を曇らせる。でも、胃に刺すような痛みはなかった。

マリは気分を変えようと、食事をすることにした。帰り際コンビニで買ってきたケーキや菓子パンやチョコレートやプリンやアイスクリームを袋から取り出す。テーブルの上に山積みになった甘いモノに、マリは目を光らせて舌なめずりした。

マリは待ちきれないようにケーキを手で鷲掴みにし、貪り食う。イチゴのショートケーキだ。フォークやスプーンなど使わない。手を生クリームだらけにして、マリはケーキ一個をあっと言う間に平らげた。ほぼ三口で完食だ。口の周りと鼻の頭にも生クリームをつけ、マリは薄笑みを浮かべながら、ケーキをモグモグと嚙み味わう。

「甘くって美味しい……えへ、えへ」

マリは口の周りについたクリームを手で拭い、二個目のケーキを貪る。今度はモンブラン。これも手で鷲摑みにし、ムシャムシャと飲み込むように平らげる。爪の間にも生クリームがめり込む。マリは甘味に蕩け、恍惚としながら、右手にシュークリーム、左手にメロンパンを持って、交互に食べる。

「美味しい……ああん……甘い……ああ――ん、甘いよお……」

マリは悩ましく喘ぎ、シュークリームとメロンパンを同時に口に押し込み、目を宙に泳がせる。

キスチョコを口いっぱいに頬張り、嚙み砕きながらピーナツバターのチューブを咥えて吸い込む。チョコとピーナツバターの絶妙な味のハーモニーに、マリは歓喜の声を上げる。チューブ一本を丸ごと飲み込むと、心臓が少しドキドキした。小麦色の肌が鳥肌立ってゆく。

マリはトイレへと行き、口に指を突っ込んで、激しい嘔吐を繰り返した。涙と鼻水でドロドロになりながら、気が済むまで嘔吐する。

そしてテーブルに戻ってくると、マリは何事もなかったかのように、またケーキを貪り始める。嘔吐して口の中が酸っぱいので、それを忘れたいからだ。マリは静かな笑みを浮かべ、生クリームたっぷりのケーキを鷲摑みにして、口に押し込む。生クリームがさらに爪にめり込む。甘味と嘔吐の高ぶりで、マリの乳首は勃っていた。

百二十回払いで金を借りるということは、十年間返済を続けるということだ。年率二十九パーセントで借りた場合、年率は年々上がっていくので、十年後には年率が五十パーセントを超える場合もある。一千万借りたら、実際の返済額が倍以上になってしまうことなどザラだ。だからそのような会社は簡単な審査で、笑顔で多額の金を貸してくれるのだ。

そんなカラクリにマリは薄々と気づきつつ、でもハッキリ知りたくないので甘味に溺れ、脳を蕩けさせるのだ。

七月二十七日　苦い林檎

「うわー、すげえ眺めだなあ。こんなところでマリを抱けるなんて嬉しいよ。部屋を取ってくれて、ありがとう、マリ」

地上四十七階の窓に広がる夜景を見て、輝一郎は嬉しそうに叫んだ。東京タワーそして高層ビル群が連なり、イルミネーションが輝いている。二人は高級ホテルの一室にいた。

「喜んでもらえて、よかった。こんな素敵なホテルで輝一郎と過ごせるなんて、幸せよ。……嬉しい」

マリは輝一郎にそっともたれ掛かる。二人は窓辺で寄り添い、夜景を眺めながらシャンパンで乾杯した。

「ねえ、輝一郎。今夜はもう、お店に行かないわよね？　明日まで、ずっと一緒にいてくれるんでしょう？」

マリは上目遣いで、輝一郎の顔を覗き込んで訊ねる。彼は優しい笑顔で言った。

「ああ、チェックアウトする明日のお昼まで、マリと一緒にここにいるよ。だってこんなに素敵な部屋なんだぜ！　ずっとここにいたいぐらいだ。……こんな部屋に、マリと一緒に住みたいな。いつか」

輝一郎はマリを抱き寄せ、キスをする。初めはソフトに、徐々に舌を入れて貪るように口づける。彼にキスされるだけで、マリの体の芯は蕩け、秘肉が疼いてしまう。マリは輝一郎に熟れた体を押しつけ、悩ましく喘いだ。

「ああん……感じちゃう……あああっ」

輝一郎はニヤリと笑い、マリの首筋に舌を這わしながら、彼女の体を撫で回す。性感帯の首筋を舐められ、荒々しく体を揉まれ、マリの女陰はいっそう疼き、濡れてゆく。

「うん？　そんなに感じるの？　マリってこんなスーツ着てると、まさに外資系のキャリアウーマンって感じなのにね。デキる女が実は淫乱って、すげえイヤらしくて興奮するな。ほら……」

「あああっ……あああん」

輝一郎はマリの股間に手を伸ばし、ズボンの上からまさぐる。マリは会社帰りなので、水色のパンツスーツ姿だった。ズボンの上から秘肉を弄られ、パンティが擦れてますます気持ちが良い。マリはもうすでにグッショリと濡れていた。

「マリ……ずいぶん濡れてるだろ。湿ってるのが、ズボンの上から触ってても、分かる。……本当に淫乱だな、お前は」

輝一郎は目を光らせ、ニヤリと笑う。マリは彼の顔を見ているだけで欲情してしまうので、女陰は痛いほど疼き、パクリと口を開けていた。

「ああん……輝一郎……早く抱いて……」

肉棒を火照る女陰に差し込んでほしくて、マリは輝一郎の首に腕を回してねだる。発情しきっている彼女に、輝一郎は意地悪な笑みを浮かべた。

「俺に抱いてほしいの？　じゃあ、脱げよ。窓の傍で、一枚一枚、脱いでゆくんだ。ストリッパーになったつもりで。ほら、やれ。脱がないと、抱いてやらないぞ」

輝一郎はそう言って部屋の照明を落とし、窓の傍のスタンドだけ灯した。マリにライトが当たったように見える。

「え……恥ずかしい……いや……」

羞恥を覚え、マリは疼きながらもためらう。でも彼の命令口調に、下半身は痺れるほど感じている。

「早く脱げよ」

輝一郎は煙草を銜え、有無を言わせぬドスのきいた声で命じる。低い声に子宮をザワッと撫でられ、マリの乳首は勃ってしまう。彼は煙草を吹かしながら、じっとマリを見つめている。マリは秘肉を疼かせながら、立ち尽くしてしまう。

なかなか脱ごうとしないマリに痺れを切らし、輝一郎は彼女を後ろから抱きすくめ、スーツの胸元に荒々しく手を入れた。そして豊かな乳房を摑み、揉みしだく。

「ああっ……あああっ……輝一郎……」

激しい官能が込み上げ、マリは身悶えた。彼は左手でマリの乳房を揉みながら、右手で彼女のヒップを撫で回す。

「ダメ……ああん……感じちゃう」

マリは掠れる声で喘ぎ、快楽に身をゆだねる。輝一郎の愛撫で体の芯は、もう蕩けている。彼の手がヒップからズボンの前に移る。ファスナーに沿って割れ目をなぞられ、ゾクゾクした官能にマリは唇を嚙み締めた。

「はああっ……イヤ……くすぐったい」

マリは輝一郎の腕の中で悶える。ズボンの上からクリトリスを弄られ、マリは身を仰け反らせた。

「マリ、すごい濡れてるだろ？　ズボンに染みてきそうなほど湿っている。ほら……」

輝一郎は耳元で囁きながら、彼女のクリトリスを激しく擦る。マリは眉間に皺を寄せ、秘肉をさらに濡らした。彼はマリの下半身を弄りながら、乳首も摘んで引っ張る。

「あ、イヤらしいなあ。マリの乳首、こんなに勃っちゃってる。長くなって伸びてるじゃん。感じやすいんだな、ホントに。……俺も勃起しちゃうよ」

そう囁きながら、輝一郎は猛った股間を、マリのヒップに押し当てる。熱く逞しい肉棒の感触に、彼女は身を震わせて悶えた。

「ああん……輝一郎……ステキ」

輝一郎はマリの尻の間にペニスを押し当て、悩ましく腰を動かす。ズボン越しにも、彼のペニスの猛りと熱気が伝わってきて、マリの女陰はいっそう湿る。

（輝一郎は私に欲情して勃起してるんだわ……。こんなに美しい男が、私の魅力でペニスを膨らませるなんて……ああん、感じちゃう）

そう思うとマリは堪らず、官能の炎が狂おしく燃え上がる。

「輝一郎、脱がして……濡れすぎて、ズボンに染みちゃいそうなの……そして、早く私を抱いて」

瞳を潤ませてねだるマリに、輝一郎は妖しく微笑む。

「ふふ……お前は本当に淫乱な雌だな。こんなにムチムチした体をして。熟れきって、オッパイなんてプルンプルンしてるじゃないか。このエロ女、盛りづきやがって」

彼の荒々しい言葉も、マリには快楽でしかない。女王様のバイトをしているが、彼女は本当はMなのだ。乱暴なことを言われると、秘肉がグチュッと疼いてしまう。

「ああん……輝一郎……そうよ、私、淫乱な雌なの。エロ女なの。ああん、もっとイヤらしいこと言って……」

マリはそんなことを言いながら、激しく身悶える。輝一郎はマリを押さえつけ、パンツスーツを脱がせて、下着姿にした。オレンジ色のブラジャーとパンティを身に着けたマリが、ライトの中、浮かび上がる。輝一郎の前で下着姿になり、彼女の乳房は本物のパパイアのように悩ましく実っている。輝一郎の前で下着姿になり、マリは羞恥と興奮で頬を染める。彼女の肉体は、匂い立つような色香を放っていた。

「エロい体してんな……ああ、たまんねえ」

輝一郎はマリの手首を摑んで引っ張り、ベッドへと押し倒した。大きなベッドの上で、彼はマリの首筋に吸いつきながら、彼女の体を撫で回す。

「ああん……感じちゃう……あああっっ」

待ちかねていた輝一郎の愛撫に、マリの秘肉は崩れるほどに蕩けて愛液を溢れさせる。

「すごいよ、うわ、ベッタベタだ。オレンジのTバック、濡れて色が変わっちゃってるよ。オシッコ漏らしたみたいだ。お前、ホントにスケベだな。尻にこんなにTバック食い込ませて！　オリモノと愛液たっぷり吸い込んで、お前のＴバックくせーよ。でもエロい匂いでコーフンするなあ」

輝一郎はベッドの上でマリを四つん這いにさせ、彼女の秘肉にＴバックをグリグリと食い込ませる。愛しい彼の前で猥褻な格好をしながら、マリはＭッ気を疼かせて身悶える。

「イヤ……恥ずかしい……あんまりエッチなこと言わないで」

恥ずかしそうに身を捩るマリの尻を、輝一郎は叩いた。

「なにが『エッチなこと言わないで』だ！　さっきお前、『もっとイヤらしいこと言って』って言っただろ！　お前は卑猥なこと言われて悦ぶ雌豚なんだよ、マリ。ほら、四つん這いでもっと腰振ってみろ！」

輝一郎はマリのＴバックの中に指を入れ、女陰を弄り始めた。彼女のサーモンピンクの女陰は、溢れる愛液で艶やかに輝いている。輝一郎は花びらの中に指を突っ込み、掻き回した。ネチャネチャという女陰が滑る卑猥な音が、ホテルの部屋に響く。秘肉の快楽に、マリは腰を振って悦んだ。

「ああっ……ああああん、気持ちいい……ふううんんっ」

マリの熟れた秘肉は輝一郎の指を咥え込み、キュウッと締めつける。彼は目を血走らせ、右手の指で秘肉を掻き回し、左手の指でクリトリスを弄り回した。クリトリスの皮を剝き、ナマの肉芽を摘んで擦る。頭の芯まで痺れるほどの痛痒い快楽に、マリは悲鳴を上げた。

「いやああっ……ああ――っ……おかしくなっちゃうよお！　あああああっ」

弄り回すうちに、クリトリスはぷっくりと膨れてくる。輝一郎は息を荒げ、愛液が溢れかえるマリの秘肉を嬲り続けた。

Tバックをむしり取り、四つん這いにさせたまま、女陰を指で大きく開く。サーモンピンクの陰唇の奥、可愛らしいヴァギナが涎を垂らしながらヒクヒクと伸縮している。輝一郎は目を血走らせてニヤリと笑い、携帯電話を手に持った。そして携帯ビデオを起動して、マリの秘肉を撮影し始めた。彼女の花びらに指を突っ込んで掻き回しているところが、携帯電話に録画されてゆく。気づいたマリが大声を上げた。

「イヤ！　やめて、撮影はしないで！　お願い！」

身を震わせ、拒否反応を示す。輝一郎はマリを押さえつけ、耳元に息を吹き掛け、低い声で囁いた。

「大丈夫だよ、マリ。顔は撮らないから。ね、お前のステキなオマンコ、映させてよ。流出なんかしないから、心配いらないよ！　お前に会えない時、俺がオナニーするために撮るんだ。お前のオマンコの映像で、俺が抜きたいんだよ。……だって、マリのオマンコ、可愛くてエロくて、堪らないんだもん。俺のズリネタにしたいんだ。ね、だからビデオに撮っていいだろう？」

　輝一郎の猥雑な言葉は、呪文のようにマリの心も体も蕩けさせる。彼の言うことを信じていいような気になってくる。マリは秘肉をヒクヒクと伸縮させながら、吐息のような声で、輝一郎に訊ねた。

「私の淫らな映像で……本当にオナニーしたいの？」

「うん、したい。マリの猥褻な姿を視姦しながら、チンポをゴシゴシ扱きたい。会えない時は、そうやって慰めたい」

　マリのクリトリスを弄り回しながら、輝一郎が答える。愛しい彼が自分の映像を見てオナニーしている姿を想像し、マリに激しい官能が込み上げる。乳首がピンと突起し、女陰から愛液が湧き立った。

「じゃあ……いいわ、撮っても。でも、絶対、流出しないでね。輝一郎のこと信じてるから……映していいわよ、私の大切なところ……」

　マリは甘い官能を嚙み締め、四つん這いで尻を振る。輝一郎は目を光らせてニヤリと笑い、しめしめと思いながら再び撮影を始めた。マリの女陰をズームアップで撮ってゆく。

「綺麗なオマンコだなあ。初々しいピンクで、処女みたいだよ！　とてもチンポを咥え込んでいるようには見えない！　でも……ほら、中はこんなに赫くて生々しいけれど」

輝一郎は携帯電話を片手に、マリの花びらを押し広げて中の秘肉までビデオに映す。ヌメヌメとした赤貝のような女陰の蠢きが、彼の携帯電話に収められていった。

「はあああん……ダメ……ああああっ」

秘部を撮られていると思うとマリは強く高ぶった。腰をくねらせ、マゾヒストの官能を嚙み締める。輝一郎はマリの秘肉に指二本を突っ込み、掻き回しているところも携帯電話に収めた。彼も激しく興奮し、股間を猛らせていた。

「大丈夫、大丈夫だよ、マリ。お前のオマンコビデオ、ほかのホストに見せたり、どこかの雑誌やネットのサイトに投稿して金稼いだりなんてこと、絶対にしないから。……俺の大切なマリだもん。そんなこと、絶対にしない……ああ、マリのオマンコ、エロくて素敵だ。こんなの見たら、どんな男だって何度でも抜いちゃうよ……ふふふ」

官能に陶酔しているマリには、もう輝一郎の言葉もあまり耳に入ってこない。込み上げる快楽に我慢できず、マリは秘部に手を伸ばし、自ら女陰を弄り始めた。

「そう、いいね！　マリ、オナニーしてみてよ！　ああ、すっごい色っぽい。そう、オマンコに指入れて、クリトリスも触ってごらん。そうそう、もっと腰振って！　ああ、最高！いい映像撮れるよ。マリ、やっぱりお前は物分かりがいいな……」

輝一郎に「色っぽい」と言われ、マリはエクスタシーを彷徨いながら、夢中で自慰をした。

ヴァギナに中指を入れ、クリトリスを親指で擦り、淫らに腰を振る。

「ううんっ……あああっ……扱いて……私の卑猥な姿で扱いて……あああんっ」

マリは「もっと奥まで見て」というように、指でヴァギナを開いてみせる。赫い秘肉をさらけ出し、マリは極度の興奮で、このまま達してしまいそうだった。

マリのあまりに猥褻な痴態に、輝一郎のペニスも怒張する。彼は鼻息を荒げ、今度はマリのアナルも弄り始めた。溢れ出る愛液をローション代わりにつけ、指先を突っ込んだ。

「ああんっ……ちょっと痛い……ふううっ」

マリは、また悩ましく腰を振る。彼が指をいったん抜くと、イソギンチャクのようなアナルがめくれて、中の肉色を覗かせた。

輝一郎はベッドを離れ、テーブルから水割りを持ってきた。そして妖しく微笑みながら、グラスを傾け、マリのアナルに水割りを少し垂らした。

「ああっ……冷たい……」

ひんやりとした感触に、マリは思わず尻の穴をすぼめる。輝一郎はグラスに入っていたポツキーを持ち、彼女のむっちりとした尻をそれでなぞった。

「お前はオマンコもいいけど、ケツの穴も魅力的だな。ここもビデオに撮らせてもらうよ。つぶらでみずみずしくて、可愛いアナルだ。……ほら」

輝一郎は手にしたポッキーを、ゆっくりとマリのアナルへと埋め込んでゆく。チョコレートが掛かった細い棒菓子がアナルに入ってゆく様は扇情的で、輝一郎は股間をいきり勃たせた。

「ほら、ポッキーがマリのおケツに入ってゆくよ。イヤらしいなあ。アナルでポッキー食うなんて、お前ぐらいだぞ。お前があんまり卑猥で、俺、勃起が止まらないよ。こんなにチンポをデカくさせやがって、この雌豚！」

輝一郎に言葉で嬲られ、マリはますます高ぶってゆく。

「あああっ……いや……おかしくなっちゃう……あああんんっ」

ポッキーをアナルで咥え込み、マリは秘肉を疼かせ、身悶える。ポッキーなのでそれほど痛くはないが、食べ物がアナルに入っているという猥褻感に興奮してしまうのだ。

「お前、ホントにスケベだなあ。ケツでポッキー食って、オマンコそんなに濡らすなんて！愛液が溢れかえって、グチュグチュだよ。ほら」

輝一郎は右手の中指をマリの秘肉に入れ、ねっとりと掻き回す。そして左手でポッキーを持って、ゆっくりとアナルに出し入れした。

くすぐったいような痒いような快楽がアナルに走る。膣と肛門を同時に責められ、マリは頬を紅潮させ、快楽に喘いだ。

「あああんんっ……はああああっっ……すごい……気持ちいい……死んじゃいそう……ううう
んんんっ」
輝一郎の二箇所責めに、マリはエクスタシーで意識が遠のきそうになる。頭が真っ白にな
り、全身が性器になったかと思うほど、体中がビンビンと感じる。マリは四つん這いのまま、
軟体動物のように身をくねらせた。
「死んじゃいそう？　ダメだよ、まだ死んじゃ。もっともっと俺がお前を食ってやるからさ。
……じゃあ、ほら、お前はポッキー食え」
輝一郎はマリのアナルからポッキーを引き抜き、それを彼女の目の前に突き出した。マリ
は四つん這いで彼を見上げる。輝一郎は静かな笑みを見せていたが、その目は恐ろしいほど
に光っている。
「ほら、どうした。食えよ。自分のケツに入ってたんだから、別に汚くないだろ。……あっ、
やっぱり、ちょっとくせえな。ウンコの滓がついてるかも。まあ、でも自分のウンコだから
大丈夫だろ。ほら、食えよ。マリ、お前、甘いもの好きじゃん」
ポッキーの匂いを嗅ぎながら、輝一郎はヘラヘラ笑う。言うことを聞かないと殴られるか
もしれないと思い、マリは目に涙を浮かべ、ポッキーを咥えた。そして、ゆっくりと食べて
ゆく。

「ううん……甘い……ちょっと苦いけど……やっぱり甘い……ふうううんっ」

便の滓がついているからだろうか、少し苦い気もしたが、やはりポッキーの味だ。アナルに入れられたものを食べるなど、初めは屈辱だったが、甘い味が口に広がるにつれ、徐々にそれも官能へと変わってゆく。

（お尻の穴に入っていたポッキーを食べるって……なんて背徳的で猥褻な行為なのかしら。ああ、ダメ……私は堕落的なことに興奮してしまう女なんだわ。自分が堕ちれば堕ちるほど、感じてしまう……）

マリはポッキーを咥え、ポリポリと食べ進み、平らげた。そしてゴクリと飲み込んだ時、甘い戦慄が体に走り、彼女は眉間に皺を寄せて快楽をこらえた。マリは四つん這いで身をくねらせ、言った。

「ご馳走様でした。甘くて、とっても美味しかったです……」

そしてマリは恍惚とした笑みを浮かべ、唇をペロリと舐めた。

二人は69の体勢で、互いの秘部を貪った。

「マリのここって、見れば見るほどイヤらしいなあ……。赫くて、ヌメヌメして、生々しく息づいている。ほら、もっとよく見せろよ」

輝一郎はそう言って、彼女の女陰を手で押し広げる。マリは彼の体の上で、悩ましく身をくねらせた。小麦色の豊かな尻がプルプルと揺れる。

「ああん、そんなに奥まで見ないで……。恥ずかしい……」

マリはそう言いながらも、自分の秘部を見て輝一郎が股間を猛らすのが嬉しい。彼女は恍惚として、彼のペニスを口に含んだ。

「ううんっ……美味しい……輝一郎のオチンチン……とっても……うううん」

茶褐色で長い彼のペニスは、チョコレートバーのように見える。マリはチョコレートバーを頬張るように、彼の肉棒を舐め回した。カリ首を咥えて亀頭をペロペロと舐め、竿全体を筋に沿って何度も舐め上げる。

「くうううっ……マリ……上手だな……うううううっっ」

マリの猫のような舌遣いに、輝一郎が呻く。彼の体は細いけれど適度に筋肉がついていて、マリの官能をくすぐる。その体にしがみつき、彼女は込み上げる情欲におもむくがまま、彼を貪った。

舐め回しているうちに、ペニスにたっぷり唾液がまぶされる。マリは濡れ光る男根を咥え、唇を滑らせて擦った。

「ああっ……マリ……すげえ……お前の口、オマンコみたいだ……くううっ」

マリの口の中でペニスを怒張させ、輝一郎が呻く。彼女の秘肉を眼前に、ペニスを舐め回され、輝一郎は達してしまいそうだった。猛る男根に精液が込み上げてくる。

「ううん……輝一郎……飲ませて……ミルク……あなたの甘いミルク……うううんっ」

マリは69の体勢で腰を振り、彼に秘肉を見せつける。彼女の女陰からは濃厚なメスの匂いが放たれ、輝一郎の劣情をいっそう煽る。互いの性器を貪り合うというこの淫らな行為に、マリは果てしなく興奮していた。体の芯が蕩けて、秘肉が崩れてしまいそうだ。高ぶるにつれ、ペニスを貪る舌の動きがいっそう早まる。

「す……すげえ……チンチンが吸い上げられる……みたいだ……くううっ……マリ……か……勘弁……ああああっっっ」

輝一郎は激しく身悶え、マリの尻を鷲摑みにした。快楽が強すぎて、クンニを忘れてしまう。口の中で膨れ上がるペニスにうっとりとしながら、マリは夢中で筋を舐め上げた。

「うううっ……あああっっ」

限界なほど大きくなったペニスが、マリの口の中で爆発する。ペニスはドクンドクンと脈を打って精を迸らせた。自分のフェラで輝一郎が達したのが嬉しく、マリは恍惚としながら男根を咥えていた。そして口に溜まった精液をゴクリと飲み込み、萎んだペニスをチュッチュと吸い上げ、彼女はうっとりと目を潤ませた。

「美味しい……輝一郎のミルク……甘くって美味しい……うふふ」

苦いザーメンも、彼のものなら甘く感じてしまう。マリはそれほど輝一郎に惚れている。

二人は69の姿のまま、互いの性器を貪り続けた。ふと顔を窓に向けると、煌めく夜景が目に入る。

(こんなところで輝一郎とずっと朝まで過ごせるなんて、本当に幸せ……。部屋代と食事代、ルームサービス代と高かったけれど、やっぱりこのホテルに来てよかったわ)

マリはそんなことを思い、輝一郎の股間に再び顔を埋める。その時、秘部にヌメっとした感触を覚えた。

「ああん……いや……何？」

腰をくねらせ、マリが振り返る。輝一郎は妖しい笑みを浮かべ、彼女の秘肉に何か緑色のものを押し当てていた。

「アボカドだよ。さっき、ルームサービスで取った残りの。……なんかマリのオマンコ見てたらさ、マグロを思い出したんだ。色といい艶といい、そっくりだ。匂いもマグロが腐ったようだし……。それでマグロ食いたくなったんだけど、ないからアボカドでもいいかなって。ほら、アボカドって醤油つけたりすると、マグロみたいな味になるじゃん！　だから、ちょっと実験してみようと思ったんだ。お前のマグロみたいなオマンコの液をたっぷりつけて食ったら、どんな味になるのかなって。やっぱりマグロ味になるのかな？　実験だ……ふふふ」

輝一郎は目を光らせ、スライスしたアボカドをマリの女陰に押し当て、擦りつける。アボカドで秘肉を嬲られているという猥雑さに、マリは高揚して身悶える。

「ああん……イヤ……そんなことしないで……恥ずかしい……あああっ」

濡れた女陰がアボカドで擦られ、ヌチャヌチャという卑猥な音を立てる。輝一郎は薄笑みを浮かべながら、マリのマグロ色の女陰に、アボカドを一切れ差し込む。濡れた女陰はヌルヌルと、アボカドを咥え込んでしまった。

「あっ、イヤらしい！　マリのオマンコ、アボカドを食べちゃってる！　すごいなあ、汁をいっぱい溢れさせて、咥え込んでるよ！　イヤらしいなあ……この雌豚！」

輝一郎はマリの尻を抱え、アボカドを花びらに出し入れする。右手の指でアボカドを摘み、左手の指でクリトリスをも弄り回す。食べ物で秘肉を犯され、マリは頬を紅潮させて悶えた。

「イヤ……あああんっ……おかしくなっちゃう……はあああっ」

マリは彼の股間に顔を埋め、アボカドの滑る感触に身を捩る。こんな淫らな堕落した行為に、彼女は感じすぎて秘肉を蕩けさせ、肉襞を蠢かせる。

輝一郎はマリの女陰をたっぷり嬲ると、秘肉からアボカドを抜き取り、口に放り込んだ。

「うめえ！　お前のオマンコ汁たっぷりのアボカド、コクのある味で、うめえよ！　やっぱりちょっとマグロの味がするな。匂いも……うん、腐りかけのマグロっぽい！　実験してみてよかったな。アボカドにお前のオマンコ汁をつけると、マグロの味に似る、と。ああ、うめえ！」

輝一郎はアボカドをムシャムシャと貪ると、彼女の秘肉に吸いついて残り汁をも啜り上げた。

「あああんっ……イヤ……恥ずかしい……あああん」

めくるめく猥褻な官能にマリは痺れ、思うがままに輝一郎のペニスを頬張る。このアボカドプレイで、彼の肉棒ははち切れんばかりに怒張していた。猛り狂うペニスを乳房で挟み、マリはパイズリしながら亀頭を舐め回す。

「ううう っ……ホントに上手だな……ああっ」

込み上げる快楽に歯を食いしばり、輝一郎はアボカドプレイを続ける。マリの秘肉にアボカドを差し込み、彼女の愛液をたっぷりとまぶして、それを貪り食うのだ。マグロに近い味と匂いに激しく興奮し、輝一郎はペニスをいっそう膨らませた。マリに舐め回されて、カウパー液が溢れかえる。

「輝一郎……ああん……オチンチン大きくて、素敵……あああんっ」

マリは夢中で彼の股間を貪り、徐々にアナルにまで舌を這わせる。アナルを舐めると、饐えた匂いと味がツンとくるが、マリはますます興奮する。輝一郎のアナルなら、苦くても舐め続けられる。マリは舌先をアナルの中に入れ、ペロペロと舐め回した。

「ぐうううっ……気持ちいい……ふううううっ」

アナルの快感で、輝一郎の体に甘い戦慄が走る。彼は思わずシーツを摑んで、身を仰け反らせた。マリは69の体勢で振り返り、唇を濡らした艶めかしい表情で言った。

「ねえ……アボカド、私にもちょうだい。あなたのアナルに入れて、それを食べてみたいの。二人で、食べあいっこしましょうよ」

彼女の果てしない淫らさに、輝一郎はゴクリと唾を呑む。彼はペニスを猛らせたまま、マリにアボカドを渡した。

二人は69の体勢で、互いの下半身をアボカドで犯し合った。マリは輝一郎のアナルにアボカドを擦りつけ、中にも挿入した。

「あっ……ああああっ……なんかおかしな気分……ニュルッとして……うううっっ」

輝一郎が呻きながら悶える。感じるのだろう、ペニスが屹立したままビクビクと蠢いている。マリは薄笑みを浮かべ、スライスしたアボカドを指で持ち、彼のアナルに出し入れする。

「ほら……気持ちいいでしょ？　ふふふ……ねえ、私にも入れて……早くオマンコにアボカド入れてよぉ……」

そうねだりながら尻を振るマリはなんとも扇情的で、輝一郎は堪らずに彼女の秘肉にアボカドを押し込んだ。マリの滑る秘肉が、肉厚のアボカドを咥え込む。

「ほら、入れてやったぞ！　まったくイヤらしい女だ！　ほら、お前も食え！　俺のケツの穴に入ったアボカド、早く食えよ！」

輝一郎はそう言って、マリのむっちりとした尻を叩く。彼女の秘肉は愛液を溢れさせてアボカドを咥え込み、白く泡を吹いているように見えた。

「はい……ああん……いただきます……ふううっ……ああん、美味しい……」

マリは輝一郎のアナルからアボカドを引き抜き、喜々として頬張る。饐えた味が鼻にツンとくるが、彼のアナルに入っていたアボカドはとても官能的な味わいで、マリは恍惚としてムシャムシャと嚙み締め、ゆっくり飲み込んだ。

「ああん……美味しい……はああんっ……美味しい……」

マリは狂おしいほどに悶え、腰を激しく揺さぶる。その時、マリの尻を摑みながら、輝一郎が大きな声を出した。

「あれ……お前、生理きたんじゃね？　血が出てきたぞ」

マリは官能に蕩けながらも、彼の言葉に思わず不安になり、尻の穴をすぼめた。

「え……イヤ……どうしよう……」

「気にしなくていいよ！　ナマでたっぷり出してやるからな。ふふふ……」

輝一郎はマリの秘肉を指で掻き回しながら、ニヤリと笑う。そして指を引き抜き、血がついたそれを見て、目を光らせた。血を見て興奮したのか、彼のペニスはいっそう怒張する。

「あっ……あああんっ……ダメ……ああっ」

生理がきて感度も倍になっているのだろう。血が迸る女陰を弄り回され、マリはますます高ぶって身悶える。

輝一郎はゴクリと生唾を呑み、今度はアボカドに血をまぶし、頬張った。

「うん、美味い！　生臭い血がつくと、よけいマグロの味に似る！　美味い、美味いよ！」

彼は目を爛々と光らせ、生理の血がついたアボカドを貪る。生々しい味と匂いに輝一郎は極度に高ぶり、ペニスは馬並みに猛り狂った。

「ダメ……ああん……恥ずかしいよ……」

マリは「恥ずかしい」と言いながら、この爛れた性行為に痺れるほど感じてしまい、腰を振って愛液混じりの血を垂れ流す。彼女の痴態に劣情を激しく刺激され、輝一郎は我慢できずに、マリに伸し掛かって押し倒した。

「おら、雌豚め！　お前があんまりスケべだから、俺のチンポ、こんなにデカくなっちまったよ！　責任取ってもらうぞ！　おら！」

輝一郎は荒々しくマリの足を押し広げ、血と蜜が滴る女陰へと、いきり勃つペニスを押し込んでゆく。マリは快楽の叫びを上げた。

「あああっ……輝一郎……素敵……ああ――っ！」

マリの秘肉にペニスを根元まで差し込むと、輝一郎はニヤリと笑った。彼のペニスは根元に小さな真珠が入っているので、ちょうどクリトリスに当たるのだ。官能の甘い戦慄が走り、マリは身を震わせた。

輝一郎は腰を激しく動かし、猛るペニスでマリの秘肉をえぐり始めた。

「おらおら、雌豚め！　俺のチンポがほしかったんだろ？　ああっ……よく締まるなあ……中、グチュグチュで……うううっ」

彼は全身に汗を滴らせ、マリの女陰にペニスを勢い良く出し挿れする。マリはパパイアのような乳房をブルブルと揺らし、輝一郎に犯された。

「あああっっ……輝一郎……大きい……すごい……ああっ……ああ――っ！」

いきり勃つペニスで秘肉を掻き回され、根元の真珠でクリトリスを擦られ、めくるめく快楽で、マリは頭のてっぺんまで痺れてゆく。マリの秘肉は崩れるほどに蕩け、ペニスに肉襞を絡ませ、ねっとりまったり扱き上げる。

二人は血にまみれてセックスした。血が溢れ出るマリの女陰に猛るペニスを突っ込み、掻き回し、えぐる。輝一郎のペニスも血まみれになる。花びらからペニスを引き抜く時、粘りけのある赤黒い血がついているのを見ると、輝一郎はどうにかなりそうなほど興奮した。

「輝一郎……あぁん……好き……大好き……あああっ……ああ――っ」

花びらから女の血を流しながら、マリの体に潮が満ちて、エクスタシーが駆けめぐる。マリに理性など微塵もない、あるのは情念だけだ。この彫刻のような肉体をした美しい男が、マリは好きで好きで堪らない。

マリの秘肉が血を溢れさせて、彼のペニスを奥深く咥え込む。女の血が、輝一郎のペニスを真っ赤に染める。曼珠沙華《まんじゅしゃげ》のような、鮮やかな緋色の血が、彼のペニスに絡みついて離れない。

「ああ……マリ、すげえよ……すげえ興奮する……ううう……生理中の女って匂いもキツくて……マンコもドロドロしてて……最高……ぐうううっっ」

生理中でマリの感度はますます良くなり、秘肉もいっそう締まった。

溢れる血で、シーツもみるみる染まってゆく。曼珠沙華の花が、ところどころに咲いているようだ。曼珠沙華のシーツに埋もれながら、二人は互いの肉体を貪る。

「ぐううっっ……マリ……気持ちいい……ううっ」

　エクスタシーの渦の中、輝一郎はマリの首を絞めた。殺さない程度に、ググッと。マリは目を大きく見開き、息苦しさに眉間に皺を寄せる。

「イヤ……怖い……死んじゃうよ……」

　輝一郎に首を絞められながら、マリが微かな声で言う。でも、膣がさらに締まって感度が良くなるのは、自分でも分かった。秘肉が痙攣したようにキュウッと引き締まり、ペニスをいっそう強く深く咥え込む。

「あああっっ……マリ……すげえ……大丈夫……殺したりしないから……うううっっ」

　マリの膣の締めつけが堪らず、輝一郎は彼女の首を絞めながら犯した。

　緊縮する女陰を怒張する肉棒で荒々しく突かれ、マリは涎が垂れるほどに気持ち良いが、息苦しさで意識が遠のいてゆく。彼女はもう言葉も喘ぎ声も出せず、ただ被虐的な快楽を享受するばかりだ。猛るペニスで貫かれ、マリは一足先に達してしまった。

「ううう……くっっっ」

　鶏が絞められるような声を出し、マリは秘肉を痙攣させた。

「おおおっ！　ぐうううっっ……すげえ……ああああっっ」

　泡を吹いたように緊縮する女陰にペニスをキュウウッと締めつけられ、輝一郎も達した。

ペニスがどくんどくんと脈を打ってザーメンを噴き出す。堪らない快楽に、彼は歯を食いしばって身を震わせた。マリの首を絞める手が緩む。彼女の首には、うっすらと赤い跡ができていた。

マリは瞑っていた目を開け、なんとも言えぬ卑猥な笑みを浮かべて、輝一郎を見た。彼女は全身に汗を滴らせ、腐りかけの果実のような濃厚な雌臭を匂い立たせていた。

輝一郎がペニスを引き抜くと、マリの花びらから血がドロリとこぼれた。股の間、大きな曼珠沙華が咲いたようだった。


激しいセックスの後、マリが輝一郎に寄り添うと、彼は鬱陶しそうな顔をしてベッドから立ち上がった。そして気怠そうに首を回してアクビをし、マリを振り返らずに言った。

「俺、やっぱ一度店に出るわ。金曜だから、俺の客が押し掛けてるみたいなんだ。マネージャーから留守電が入ってた」

「え……じゃあ、朝まで一緒にいられないの？」

マリは思わず身を起こし、掠れた声を出した。首がまだ少し痛い。輝一郎は長い髪を掻き上げ、煙草を銜えて火を点ける。

「……いや、そんなことはないよ。そうだ、マリが同伴してくれればいいんだよ！　俺と一緒に店に行って、一、二時間飲んで、それでまた一緒にこのホテルに戻ってくりゃいいじゃん！　ねえ、そうしない？　マリが同伴してくれたら嬉しいな、俺」

輝一郎は満面に笑みを浮かべ、煙草を吹かしている。彼の彫刻のような体と彫りの深い顔を見ていると、マリはその魅力に抗えなくなってしまう。また金が掛かると思いながらも、美しい男の言いなりになってしまうのだ。

輝一郎の言葉に、マリはコクリと頷いた。

「いいわ……同伴しましょう」

マリの返事を聞き、輝一郎は機嫌良く言った。

「さすがマリ！　気前がいいよねえ！　ゆっくり風呂入って、それからこのホテルを出て店に行こう。またここに戻ってきたら、チェックアウトまでたっぷりマリのこと可愛がっちゃうからさ。覚悟してろよ！……お前、それで体拭いとけよ。太腿にまで血がついてるから」

輝一郎はマリにウィンクしてタオルを投げ、バスルームへと向かう。マリは微かな笑みを浮かべ、ベッドの上で膝を抱えた。バスルームから湯が勢い良く流れる音が聞こえる。バスタブに湯を溜めているのだろう。

マリはベッドからゆっくり起き上がると、タオルで下半身を拭い、タンポンを入れて止血した。そろそろ生理が近いことは分かっていたので、用意は一応しておいたのだ。タオルでちゃんと拭いても血の匂いは微かに残っていて、シャワーを浴びたいような気もしたが、マリは先にしたいことがあった。

湯が流れる音が止まる。マリはバスローブを羽織り、バッグから林檎とハチミツを取り出して、ニヤリと笑った。シャワーを浴びる前に、甘いものを食べたかったのだ。

輝一郎は缶ビールを片手に湯に浸かっていた。バスルームにも大きな窓があり、煌めく夜景が一望できる。輝一郎は大理石のバスタブに体を伸ばし、ビールを飲みながら夜景に見入っていた。

「ねえ……そっちに行ってもいい？」

バスルームの入り口、半開きのドアにもたれ、マリが訊ねる。

「別にいいよ」

輝一郎は夜景から目を離さず、気怠そうに答えた。マリは大きなバスタブの横に腰掛けた。彼と一緒に夜景を見ながら、まったりしたかったのだ。手には林檎とハチミツを持っている。

ふと振り返ると、浴室の鏡に自分の姿が映った。マリの首には、まだ赤い跡が残っていた。

「ホント、綺麗な夜景よね……。ビルの景色って殺風景なようでいてロマンティックなのよね」

四十七階のバスルームから眺める夜景はいっそう美しく、マリは溜息をついた。

「風呂場からこんな景色が見られるなんて、いいよなあ。俺、こんなとこに住みてえ！　それにはマリに頑張ってもらうか。いつか一緒に住もう」

輝一郎はそう言って悪戯っ子のように微笑む。

「そうね。輝一郎と一緒にこんなところに住めたら、毎日が天国でしょうね」

マリは彼に薄笑みを返し、羽織ったバスローブのポケットから果物ナイフを取り出すと、林檎を剝き始めた。

「なに？　風呂場で林檎を食うの？」

ビールを啜りながら、輝一郎が訊く。マリは頷いた。

「お腹空いちゃったのよ。……輝一郎、激しかったから」

マリは林檎を剝きながら、彼に妖しく微笑む。輝一郎は怪訝そうに言った。

「で、その林檎ってどうしたの？　ルームサービスで持ってきてもらったの？」

マリはウフフと笑い、答える。

「家から持ってきたのよ。ホテルで夜、お腹が空いたら食べようと思ったの。輝一郎も食べる？」

剝き終わった林檎を彼に突き出し、マリが訊ねる。輝一郎は「けっこう」というように手を振った。

「俺はいい。林檎は好きじゃない。お前が食べろよ」

「そう。……じゃあ、私独りでいただくわ」

マリはそう言うと、手にした林檎にハチミツを掛け始めた。チューブを押すと、ハチミツがドロドロと垂れてゆく。ハチミツは林檎を滑り落ち、バスタブの中にまでこぼれた。

輝一郎は顔を顰め、怪訝そうに言った。

「お前、それ、掛けすぎじゃね？ 甘いものそんなに食って、気持ち悪くならないの？」

マリはクスリと笑い、ハチミツまみれの林檎を齧った。口の周りにハチミツがべっとりとつく。

「いいの、私、甘いのが好きだから。……ああ、美味しい！ 甘くって……うぅん、美味しい」

マリは林檎を一口齧るたびに、ハチミツをたっぷり掛け、また食べる。マリの手も口の周りも、ハチミツまみれだ。

「美味しい……甘くて……美味しい……あああん」

甘味のエクスタシーで、マリは恍惚として林檎を貪り続ける。薄笑みを浮かべ、目をドロリと蕩けさせて林檎を囓るマリを、輝一郎は無気味そうに見る。

ハチミツはマリが羽織ったバスローブにも垂れ落ちる。マリはハチミツまみれで林檎をムシャムシャ食べる。その姿はなんだか滑稽で、輝一郎は蔑《さげす》みの笑みを浮かべた。

(この女、やっぱり頭が少しおかしいんじゃないか)

彼は心の中でマリを嘲笑い、ビールで喉を潤しながら、ポツリと言った。

「あのさ……俺、前から思ってたんだけど」

「うん？　何？」

ハチミツまみれの甘い甘い林檎を頬張りながら、マリの瞳は蕩けている。バスルームの窓は湯気で曇り、煌めく夜景がぼやけていた。

輝一郎は唇を歪めて笑い、侮蔑的な、突き放したような口調で言った。バスルームに響き渡るような大きな声で。

「マリ……お前、なんか変だよ」

彼は「変」と言う時、声を一段と強めた。言い放つと輝一郎はまたフッと笑い、バスタブに体を伸ばしてビールを飲んだ。

林檎を囓るマリの手が一瞬止まった。

変？　今、輝一郎は確かに私を「変」と言った。そうかな、私って変なのかな。だからブランド品やホスト狂いして、借金だらけになっちゃったのかな。輝一郎みたいな男に引っ掛かっちゃったのかな。アボカド入れられたり、首絞められてあんなに感じちゃうのも、変だからかな。

マリはぼんやりと、輝一郎を見た。彼は缶ビール片手に呑気に湯に浸かり、口笛を吹いている。凍りついたマリの心に、ねじ曲がるような思いがギシギシと音を立てながら込み上げた。

輝一郎、貴様だって変じゃないか。変なヤツに「変」って言われたくないわ。

林檎を持つマリの手が、微かに震える。マリは目を光らせ、林檎をまた一口囓った。口元がさらにハチミツで汚れる。マリはムシャムシャと林檎を噛み砕いた。

缶が空になりそうなのだろう、輝一郎は首を反らしてビールを飲み干している。湯船に浸かりながら一杯やり、気持ち良さそうだ。血行が良くなっているのだろう、後ろに反らした首は仄かに赤らんでいる。あまりにも無防備な、首筋。

マリはバスローブのポケットに仕舞った果物ナイフを、そっと取り出した。そしてハチミツまみれの林檎を囓りながら、手にしたナイフで素早く輝一郎の首筋を切った。

プシュ……シャ――――ッ

頸動脈が切れ、血が噴き出す。曇った暗い窓に、曼珠沙華の大きな花が咲いたように見えた。輝一郎の手から缶ビールが滑り落ち、湯が瞬く間に真っ赤に染まってゆく。

飛び散った血は、マリにも降り掛かった。自分の下半身から漂ってくる生理の血の匂いと混ざり合い、生々しい臭気が浴室に立ち込める。

「苦い……」

血がついた林檎を囓り、マリは顔を顰めた。

エピローグ　七月二十八日・花火大会

友美は缶ビールを手に、マンションの屋上へ上っていった。今日は花火大会だ。毎年、この日は伊佐夫や客と一緒に屋形船に乗って見たりするのだが、今年は友美は独りぼっちだった。

（まあ、独りで気楽に花火観賞っていうのも、いいわよね）

友美は強がってみせるが、心の奥は本当は寂しかった。昨日の純平との別れが尾を引いているのだ。実は客に屋形船に誘われていたのにドタキャンしてしまったぐらいだから、そのショックは相当なのかもしれない。友美は自分で気づかぬふりをしていたが。

屋上に行こうと思ったのは、モヤモヤした気持ちを振り払うための気分転換でもあった。

「あら、案外空《す》いてるわね」

屋上に出ると、友美は思わず呟いた。花火を見ようと、マンション中の人が集まってるのではないかと思っていたからだ。でもいたのは数人ぐらいで、カップルがほとんどだった。

（みんな、毎年恒例の花火大会なんかには醒《さ》めてるのね、きっと）

友美は苦笑し、コツコツとヒールを鳴らして屋上を歩く。花火大会はもう始まっていて、色とりどりの花火が次々に打ち上げられていた。夏の夜空を彩る赤や青や緑や黄色やオレンジや白の花火は、狂い咲きする大輪の花のようだ。その迫力は、美しいけれど、恐ろしくもあった。

「あら、こんばんは」

友美は、食い入るように花火を見ていたマリに声を掛けた。

「あ、こんばんは」

マリは手に持ったアイスクリームを舐めながら、友美に挨拶を返した。生暖かな夏の夜風のせいで、アイスクリームは溶け始めている。

「可愛いわね。イチゴのアイスクリーム舐めながら花火観賞なんて。私なんて缶ビールだけどさ」

人恋しいのだろうか、友美は誰かとやけに話したい気分だった。

「花火には、ビールのほうが合いますよ。ビール、いいですよね。私も飲みたいんだけれど、苦いのがダメなんです」

夜風に髪を乱しながら、マリが答える。二人は顔を見合わせ、微笑んだ。いつも挨拶しかしないような間柄だが、希薄な関係という、その距離感が心地良い。二人とも、それぞれの生活に疲れているからだろうか。友美とマリは少し離れて寄り添いながら、次々打ち上げられる花火を眺めていた。

「おっ、美女がお二人並んでらっしゃる！」

調子の良い声が後ろから聞こえて、友美とマリは振り返った。悠也が缶ビール片手に足を引きずりながら向かってくる。二人はまたも顔を見合わせた。

「どうしたの、その足？　怪我したの？」

友美が声を掛ける。悠也は笑顔を作りつつも、いかにも痛みを堪えているようで痛々しい。悠也は柵《さく》まで辿《たど》り着くと、「いやあ、まいったよ」とぼやきながら二人の間に割り入った。その表情はどこか滑稽《こっけい》で、友美もマリも心配しつつも思わず笑ってしまいそうになった。

「そういや昨日の夜、なんだかガタガタやってたわよね。物音が聞こえたもの。……あ、なるほど」

いつぞや、悠也の部屋から怖い顔をして飛び出してきた女を思い出し、友美がニヤリと笑う。悠也は懲りたという顔をしながら、ビールを啜った。

「まったく女ってのは怖いね。たいした傷じゃなくて済んだけど、刺しどころが悪くてブスッといったら死んでたな、僕」

「そうよ、本気で怒らせると女は怖いのよ！　で、彼女はどうしたの？　警察行き？」

「いや、警察には届けなかった。そいつ、僕を傷つけた後に泣き崩れて、自分で自分を刺そうとしたんだよ。だから必死でそれを止めて、説得して追い返した。『警察には絶対に言わないから帰れ』って。太腿のかすり傷ぐらいだから自分で手当して包帯で縛ってりゃ治るだろうと軽く見てたら、今日の昼になって化膿してきてさ。それで病院行って、さっき帰ってきたところ」

太腿をさすりながら悠也が言う。友美は心の中で、（こういう薄情そうな男はいつか痛い目に遭うと思っていたけど、勘が当たったわね）とほくそ笑んでいた。

「でも、優しいところあるんですね。『警察に絶対に言わないから』なんて。傷つけられたのに……」

アイスクリームを舐めながら、マリが言う。悠也は苦笑した。本当は奈緒子に、『警察に絶対に言わないから帰れ』の後、『その代わりこれ以上まとわりついたら、殺人未遂とストーカーで警察に通報するぞ。お前の会社にも連絡する。とにかく帰れ。いなくなれ』と冷酷に言ったのだ。奈緒子が自殺するのは別に構わないが、自分の部屋でされて面倒なことになるのが嫌だっただけだ。でも、そこまで話すと完全に自分のイメージダウンになりそうなので、悠也は敢えて黙っていた。

「まあ、男には時には寛容さも必要だからね。彼女だって、追い詰められて僕を刺したんだろうし。その気持ちは分かってやらないと」

いい気になってマリにうそぶく悠也を、友美が冷ややかな笑みを浮かべて見る。友美の意地悪な視線に気づくと、悠也は一瞬たじろいだ。

「なるほど、それで部屋にいると気分が落ち込んでくるから、屋上で花火観賞ってことね」

友美はビールを啜りながら、からかうように言った。

「まさにその通り！……でも屋上に来て良かったよ。いつも挨拶するだけの隣人さんと、こうして話ができて」

三人は顔を見合わせ、それぞれ笑みを浮かべる。

ピュ――――ッ、パア――――ン

花火は音を立て、空高く彩を撒き散らす。友美と悠也とマリは並んで、見事な花火に暫し見入った。

どこからともなく、パトカーのサイレンの音が聞こえる。花火が打ち上げられる音に混じって、その音は徐々に徐々に近づいてくる。

「不思議よね。私、子供の頃より大人になってからのほうが、花火が好きになったの。子供の頃なんか興味なかったもん。東京の花火大会が、やっぱり盛大だからかな」

「あれ、出身は東京じゃないの？」

悠也が友美に訊く。

「ええ、福岡なの。高校卒業して東京の美大に進んで、それからずっとこっち」

「福岡かあ。そういや気が強そうだもんな。……いや、それはおいといて、九州は酒が美味《うま》いよな。たまに九州に出張になると、嬉しいもん。でも、田舎があるっていいな。僕は神奈川出身だから、家に帰っても『田舎に帰った』なんて気にはならないからね。どう、たまには福岡に帰ったりする？」

「あんまり帰らないなあ。お盆にも帰らないだろうし。お正月はなるべく帰省するようにしているけれど。両親、歳取ってきたけれど、兄夫婦が面倒見ていてくれるから。だから私は東京で勝手なことができるのよね。……でも、時々、無性に親のことが気になったりするけれど」

友美はそう言って、ビールを啜る。当たり障りのない話をしながら、この距離感が三人とも心地良い。名前もはっきり知らない同士が、出身地のことで話を進める。友美がマリに訊ねた。

「ねえ、あなたはどこ出身？　やっぱり東京かその近く？」

アイスクリームを包む紙を破り、マリはコーンを食べていた。ストロベリーアイスが唇につき、薄ピンク色に染まっている。

パトカーのサイレンが近づいてきた。

「私……長野です。私も進学で東京に出てきて、そのままこちらで就職しました。こっちに来て、初めて東京の夜景を見た時、感激しました。ロマンティックでキラキラしてて、嬉しかったな、あの時」

「長野か。みんな田舎があっていいなあ。でも、東京の夜景なんかより、長野の雪景色のほうがロマンティックじゃん。僕、仕事さえなけりゃ軽井沢に住みたいって本気で思うもん。……まあ、人間ってのは誰しも、ないものねだりなのかねえ」

悠也はそう言って、ビール片手に煙草に火を点けた。友美は笑顔でマリに訊く。

「長野は林檎が美味しいわよね！　私、長野の林檎酒、大好きだもん」

友美の問いに、マリも穏やかな笑みを浮かべて答える。

「ええ……長野の林檎、美味しいです。甘くって。とってもとっても甘くって」

マリはアイスのコーンを囓りながら、心の中でふと思う。

そう言えば、自分は東京にきてからこんなに甘いものばかり食べるようになった気がする。長野にいた頃は、普通の食事をしていた。米も肉も魚も野菜も、バランス良く摂《と》っていた。ずっと憧れていた東京。その東京で、そんなに自分は「甘いもの」に飢えていたのだろうか。

花火が上がり、夜空を染める。何発も何発も立て続けに打ち上がり、東京の空で割れて飛び散る。狂おしいほどの美しさに、三人は暫し無言で見惚れる。

心地良い静寂を破るかのように、友美がポツリと言った。

「ねえ……来年の今頃、こうしてまた三人でこの花火を見ている確率って、どれぐらいかしらね？」

パトカーのサイレンはますます大きくなって、迫ってくる。花火が打ち上がる音を、かき消すように。

マリは唇についたアイスをそっと舐め、ただ静かに微笑んでいる。友美の問いに、悠也がビールを飲み干し、答えた。

「そうだね……三十七パーセントぐらいかな」

この作品は書き下ろしです。原稿枚数３７９枚（４００字詰め）。

幻冬舎アウトロー文庫

●最新刊
継母
藍川　京

自分と五つしか違わぬ二十六歳の美しい女が父の後妻になった。盗み見た寝室。喜悦の声を上げ父に抱かれていた。だがいま憧れの裸体が目の前にある。「二人だけの秘密を持とう、継母さん」

●最新刊
蔭丸《かげまる》忍法帳　伊賀四姉妹
越後屋

愛液滴る女陰で男達を籠絡する伊賀四姉妹と、自在に屹立する摩羅で女を操る美濃忍者の蔭丸。徳川将軍の跡目存続問題を、蔭丸と四姉妹の淫乱の限りを尽くした闘いを通して描く、官能忍法帳！

●最新刊
レンタル彼氏
酒井あゆみ

専業主婦、保育士、外資系ＯＬ、ファミレス店長など十二人の女性たちは、どうして数万円も払って男を買い続けたのか？「男を抱くという快楽」に目覚めた女性の本音に迫る衝撃のレポート！

●最新刊
くちづけ
松崎詩織

医師や患者のペニスを咥えこむ看護師の情事を描く「ナースコール」。満員の女性専用車両に乗った男子高校生が五人の痴女に悪戯される「女性専用車両」など、全三篇。禁断の官能小説集。

●最新刊
新宿歌舞伎町アンダーワールドガイド
李小牧《リ・シャム》

人間のあらゆる欲望を呑み込む街、歌舞伎町。その街角に立ち続けて19年の「歌舞伎町案内人」が遭遇した数えきれない程の危機。東洋一危険な街の裏と表、全てを語り尽くすノンフィクション。

幻冬舎アウトロー文庫

●好評既刊
高級娼館
黒沢美貴

「薔薇娼館」の人気ナンバーワン嬢、美華。客の性癖に応じてSにもMにもなり、悦楽の時間を提供する。薔薇の蔓に飾られた白亜の洋館はその夜も、噎せ返るほどの欲望を湛えていた。

●好評既刊
夜のみだらな耳
由布木皓人

俺の小説の先生・門脇が土蔵に連れ込んできたのは二十三、四のグラマーな女だった。門脇が蒲団を敷くや女はブラウスを脱いだ。白さが眩しい豊満な乳房だ……。夜ごとの官能教室が始まった。

●好評既刊
美猫《びびょう》の喘《あえ》ぎ　夜の飼育
越後屋

人気アナウンサーの西島由布子は、やくざの抗争に巻き込まれ、調教師の源次に蹂躙された姿をビデオに撮られてしまう。露見を恐れる由布子だが、あの屈辱を思い出すと、乳首の疼きが止まらない。

●好評既刊
踊る運転手
ウエちゃんのナニワタクシー日記
植上由雄

観光客を騙して大金をせしめる外道もん運転手、客へのセクハラ発言で姿を消したエロエロタクシー……。彼らと客とのやり取りは、まるで掛け合い漫才！　唖然呆然のパワフル乗務日誌第二弾！

●好評既刊
修羅場の鉄則
1億5000万円の借金を9年間で完済した男のそれから
木戸次郎

1億5000万円もの借金を、株取引だけで、9年間で完済することに成功したカリスマ株式評論家の実践的マネー哲学。文庫化に際し2007年の市場予測と「負けない投資哲学」を堂々公開！

幻冬舎アウトロー文庫

●好評既刊
セックスエリート
年収1億円、伝説の風俗嬢をさがして
酒井あゆみ

営業開始から十分で予約が埋まってしまう《怪物のような風俗嬢》が誇る究極のテクニックとは？　風俗のフルコースを体験した元落ちこぼれ風俗嬢が業界のタブーに迫る衝撃のノンフィクション。

●好評既刊
目かくしがほどかれる夜
館　淳一

ED治療の名目で、夜毎、地下室で繰り広げられるレイプ。しかし、手錠をかけられたまま、執拗な凌辱を受ける少女の目にも、いつしか妖しい光が宿って……。艶麗な女医シリーズ第三弾。

●好評既刊
夜逃げ屋
羽鳥　翔

浮気の末に離婚したい。変態ヤクザ男から逃げ出したい。借金地獄と訣別したい。十人十色の理由で「ワケあり引越」に踏み切る老若男女を、夜逃げ屋稼業を営んでいた著者が軽妙に描き出す。

●好評既刊
双子の妹
松崎詩織

女子大生と大学教授、そしてその妻との奇妙な三角関係を描いた「先生と私」。13歳の美少年に恋をした女教師がタブーを犯し続ける表題作など全三篇。切なく甘美なる、傑作官能小説集。

●好評既刊
ヤクザの死に様
伝説に残る43人
山平重樹

ヤクザ史に残る男たちは死に様まで伝説として語り継がれている。はみ出た腸を押しこみ反撃した鼈甲家初代、二万人の参列者が駆けつけた住吉連合会総裁など鮮烈な最期を描いたドキュメント。

となりの果実《かじつ》

黒沢《くろさわ》美貴《みき》

平成19年4月10日　初版発行

発行者——見城 徹

発行所——株式会社幻冬舎

〒151-0051東京都渋谷区千駄ヶ谷4-9-7

電話　03(5411)6222(営業)

　　　03(5411)6211(編集)

　　　振替00120-8-767643

印刷・製本——中央精版印刷株式会社

装丁者——高橋雅之

万一、落丁乱丁のある場合は送料小社負担でお取替致します。小社宛にお送り下さい。

定価はカバーに表示してあります。

Printed in Japan © Miki Kurosawa 2007

幻冬舎アウトロー文庫

ISBN978-4-344-40952-1　C0193　　O-60-12